喜庆对联精编

洪澜·编

气象出版社

内容提要

本书精选七字及七字以上春联、婚联、寿联、庆贺乔迁联等汇集成册，每类对联按字数多少排序，相同字数对联按汉语拼音排序，突出实用性。书中还简要介绍了对联的概念、张贴方法等知识，并附有喜庆对联趣味故事，适合希望了解喜庆对联或有张贴此类对联需求的读者阅读参考。

图书在版编目(CIP)数据

喜庆对联精编 / 洪澜编. -- 北京 : 气象出版社，2016.10(2018.6 重印)

ISBN 978-7-5029-6434-4

Ⅰ.①喜… Ⅱ.①洪… Ⅲ.①对联-作品集-中国 Ⅳ.①I269

中国版本图书馆 CIP 数据核字(2016)第 233336 号

喜庆对联精编
Xiqing Duilian Jingbian

出版发行：气象出版社
地　　址：北京市海淀区中关村南大街46号 **邮政编码**：100081
电　　话：010-68407112(总编室)　010-68408042(发行部)
网　　址：http://www.qxcbs.com　**E-mail**：qxcbs@cma.gov.cn
责任编辑：周　露　杨　辉　**终　　审**：邵俊年
责任校对：王丽梅　**责任技编**：赵相宁
封面设计：吕青璞
印　　刷：三河市君旺印务有限公司
开　　本：710 mm×1000 mm　1/32　**印　　张**：9
字　　数：100 千字
版　　次：2017 年 1 月第 1 版　**印　　次**：2018 年 6 月第 4 次印刷
定　　价：18.00 元

本书如存在文字不清、漏印以及缺页、倒页、脱页等，请与本社发行部联系调换。

目录

对联知识

对联是什么

对联是一种以对偶为基本修辞方法的文体，它的特点是：

上下联字数相同。上下联字数相同是成为一副对联的基本要求。否则根本“对不起”。

上下联句式相同。一般来说，如果上联是主谓结构，下联也应该是主谓结构，如果上联是动宾结构，下联也应该是动宾结构。另外，上下联句子的节奏也应该是完全一样的，如“青松蟠户外，白鹤舞庭前”，“青松”对“白鹤”，“蟠户外”对“舞庭前”，这样便是工整的对联，假如变成“青松蟠户外，鹤舞蹈庭前”，节奏大乱，就不能视为对联了。

在上下联相同位置上的词的词性相同，名词对名词，动词对动词，或至少要相近。

上下联平仄相对，古代汉语音调分为“平上去入”四调，“平”声为“平”，“上”“去”“入”声为“仄”，现代汉语已无“入”声，“平”声分为“阴平”和“阳平”，为“平”，“上”和“去”为“仄”，汉语的音调全靠平仄相间来调动，才能变得抑扬顿挫，婉转好听。一副对联必须平仄相对，吟诵起来才有音律美。尤其是上联末尾一字定要为仄声，下联末尾一字定要为平声，这是对联的基本规则。

内容相关。这是为了使一副对联能够有一个鲜明的主题。对联虽短小，却是以精悍、凝炼见长，内容散乱，不知所云，便缺乏属对的意义了。

对联术语

上联——对联的前半部分。一副对联由两个句子组成，先出者为上联。上联一般以仄声字结尾。上联的位置，应在读者所面对方向的右侧。上联又称出句、上支、上比、对公、对头等。

出句——指说出或写出来令人应对的句子，一般指上联，但须根据收尾字平仄声来判断，有时也以下联为出句。

下联——对联的后半部分。古人称“后”为“下”，故对联中后书的部分为下联。下联一般以平声字结尾。下联的位置，应在读者所面对方向的左侧。下联又称对句、下支、下比、对母、对尾等。

全联——也叫“上下联”，指整副对联。

半联——半副对联，指只有上联或只有下联。之所以会出现半联留存于世，一是由于年代久远，另半副湮灭无闻；二是本身不容易对得上对句，从而形成所谓的“绝对”。

单联—— 一是指半联，二是指与套联相对时称一副联为单联。

套联——由两副以上对联组成的内容相关、字数相等、同时用于同地的一组对联，比较少见。

支—— 一副对联可分为两支，上联称上支，下联称下支。

比——亦可表示为“支”，即上联或下联。

副——上、下联合称“一副对联”。古时表为“幅”，因“幅”之意常表单数，现已不用。

言——对联以上联（或下联）的字数计算，几个字则为几言。如“愿闻己过，求通民情”为四言；“春风放胆来梳柳，夜雨瞒人去润花”为七言。但长联一般称字而不论言。

扁——通“匾”，亦称“额”，常连用称“匾额”。

颜——指题匾额处，门楣。

幛——用于喜庆、哀挽等场合的交际礼品，分为喜幛、寿幛、挽幛等。一般是整幅的丝绵织品，上面题缀文字，并不要求与联相配。

横批——与春联配合使用的横额，多为纸制，亦称横幅、横疋、横头。

虚额——不直书地名，或用典，或拟景，较具文采的横额，如《红楼梦》中的“有凤来仪”“杏帘在望”。

实额——直书地名、店名的横额，如“同仁堂”。

对联的形式

正对——对联中最常见的形式主要是由并列关系构成，上下联内容须相关，联内所用字词亦须工整相对。但是内容不可以完全相同，同义的实词不可相对。

反对——由转折（变换）关系构成，上下联意思相反的，联中所用的词语也多是反义的。

串对——就是一个意思分两句来说，上下联独立起来都无意义（至少意义不全）。所以上下联一般都有因果、连贯、递进、条件、假设等关系。这种对也叫流水对。

工对——又叫严式，它要求以同类的名词相对，类别越精细，联则越工整。凡以同类词、近类词或词性相同的联绵词相对的，都叫工对。古时的工对要求极严格，现代有所放宽。

宽对——与工对相对。其特点是在使用字词上不苛求小类和平仄相对，只需大类相对，句式结构大致相应即可。宽对也不是无限地宽，通常要求做到上下联句子句读相同，字数相等，语意流畅。

回文对——回文又称回环，是讲究词序可回环往复不绝的一种修辞方法，以趣味性为重。回文联有三种不同的写法：第一种，上联倒转作下联，如“人过大佛寺，寺佛大过人”。第二种，上下联顺逆同一，如“北陵奇景奇陵北，南塔新奇新塔南”。第三种，上下联颠倒互换法，如“禽鸣听耳悦，鲤跃视神怡”亦可读为“怡神视跃鲤，悦耳听鸣禽”。

春　联

数字首字联

一

一片欢声除旧岁
几多喜事会新春

一日时辰子作首
十二生肖鼠为先

一元二气三阳泰
四时五福大合春

一元复始天增寿
四海欢腾大有年

一心同步青云路
万众齐描大地春

一轮红日开新宇
万里春风绣绿洲

一轮日月开新纪
万里河山换旧规

一簇梅花春化雨
万家爆竹福有祥

一曲笙歌春似海
千门灯火夜如年

一年好景随春至
千秋宏图与日新

一声布谷迎春到
两手茧花接福来

一唱雄鸡天下白
初升旭日东方红

一帆春色迎朝曙
万顷碧波送晚霞

一岁良辰千古节
百年正朔万家春[1]

一寸丹心乡土恋
两枝玉叶股肱亲[2]

一派春光夸锦绣
万家灯火庆升平

一冬无雪天藏玉
三春有雨地生金

一江春水向东去
对岸风光入梦来

一枝独放迎春到
万马齐奔报捷来

一室泰和真富贵
满门春色大荣华

---

①正朔：指农历正月初一。
②股肱：比喻身边得力之人。

一门喜气和春酿
举国欢歌动地吟

一代雄才风流尽占
九州春意色彩纷呈

一片丹心九州报捷
三军浩气四海扬威

一柱擎天九龙腾跃
八仙过海五岳欢歌

一声爆竹庆民安国泰
三杯春酒祝人寿年丰

一季寻春鸟语花香鱼跃
四时问福家祥人寿年丰

一轮红日照耀新天新地
万朵鲜花铺满好山好水

一天春雨红梅笑
万里东风翠柳摇

一代风流九州生色
八方锦绣四季呈祥

一片歌声不分童叟
满眼绮丽难辨城乡

一元复始九州同庆
八方和谐四季平安

一夜连两岁岁岁如意
五更分二年年年称心

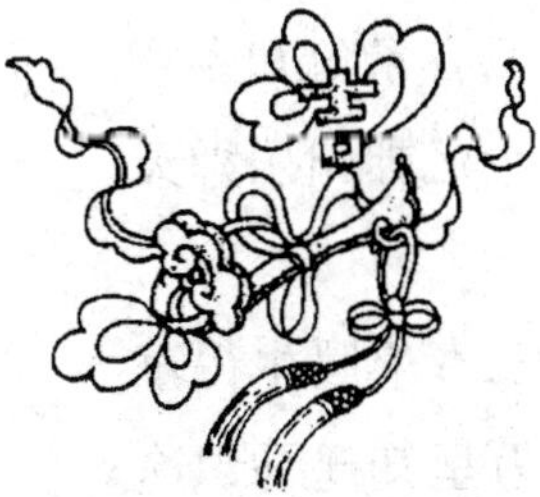

一屏三色菜花黄麦青韭绿
百鸟千声布谷唤鹊噪鸠鸣

一夜连双岁岁岁花红果大
五更分二年年年月异日新

一夜连双岁岁岁六畜兴旺
五更分两年年年五谷丰登

一曲农家乐乐满家家户户
千盏透杯香香遍寨寨村村

三

三春胜景诗中画
九州宏图锦上花

三春景象千般美
四合门庭百样新

三春景色知人意
十亿神州乐舜天

三春草长随人意
万里河流似利源

三春乍暖牛得草
万里知遥马识途

三春喜庆三阳泰
五谷丰登五福临

三星在户财源旺
五福临门家道兴

三通春化千层雪
两制情融万众心

三江春水三江酒
一寸光阴一寸金

四

四海三江春气息
千家万户虎精神

四海升平龙马跃
九州安定景色新

四海九州皆丽日
三山五岭尽春晖

四海升平鱼龙现
九州安定风月新

四野阳和春有脚
一江水暖月当头

四季平安原是福
一堂和睦始成春

四海英才龙腾虎跃
千秋大事霞蔚云蒸

四海花香九州春满
三江锦绣一代风流

四柱撑天宇神州崛起
五星耀中华巨龙腾飞

四海无闲田田田结硕果
九州皆笑语语语话丰年

四序更新巍巍乎万里长城三春不老
一元复始灿灿兮千年古国九鼎生光[1]

五

五湖春色浮天地
千岱青岚入画图

五湖四海家家乐
万紫千红处处春

五湖生意如云集
四海财源似水来

五湖寄迹陶公业[2]
四海交游晏子风[3]

五福骈臻全家福
三春喜至满堂春

五福堂前呈瑞彩
百花枝上闹春光

五福百福全家福
三春万春大地春

五谷如今歌大有
九州到处庆升平

五谷丰登家家喜
三春明媚处处春

五风十雨平安岁
万紫千红富贵春

---

①九鼎：鼎是古代的一种大型礼器。传说大禹铸造了九个大鼎，为夏、商、周三代传国之宝，后世指代政权。

②陶公：指春秋时期的富商陶朱公。

③晏子：指春秋时期的齐国政治家晏婴。

五风十雨皆为瑞
万紫千红总是春

五岭春明堪驻马
四山云霁听鸣鸠

五谷丰登劳动致富
六畜兴旺勤俭生财

五岳峥嵘雄狮奋起
九州激荡巨龙腾飞

五谷飘香香透千山万壑
双燕报喜喜盈四舍三邻

五福临门贺喜春投玉燕
三星照户迁乔早报金莺

五谷丰登喜迎大有日
六畜兴旺好过太平年

五千年辉煌文化喜添新页
九万里锦绣河山大展宏图

八

八骏日行千里地
七弦时谱万家春

九

九州春色来天地
四海宏图壮古今

九州日丽迎新政
四海龙吟乐大年

九州鼎盛唐尧日
四海昌隆虞舜天

九州黎庶春风满①
万里山河气象新

九州安定顺百业
八骏腾飞兴中华

九州喜庆元春日
四海欢呼大有年

九州曙色迎红日
百族歌声颂党风

九州喜度四时吉
四海欢呼八节祥

九州春好添风采
科学技术改乾坤

九天揽月中华志
四海腾龙民族魂

九天日暖张鹏翼
四野风轻快马蹄

九天日月开新运
万里笙歌乐太平

①黎庶：指普通百姓。

九天日月开新运
万里笙歌唱太平

九万云程催骥足
千里征途赖贤才

九州春色莺歌燕舞
四海征程虎跃龙腾

九州大地处处如诗如画
未来征途人人似虎似龙

十

十年树木成梁栋
万民兴邦壮古今

十亿神州旭日起
千秋华夏巨龙腾

十亿神州家家乐
万千勇士代代兴

九陌晴光行处好
四围春色望中新

九州大地山欢水笑
万里蓝天日丽风和

九州春意闹百花争艳
富民宏图展万马奔腾

十年树木千秋业
一望江山万里春

十亿神州如日起
千秋伟业似龙腾

十里早莺鸣暖树
一群骏马越雄关

十亿神州欲驾云龙奔旭日
一代伟业当招彩凤伴春光

十载秋风侵岁月百花凋落
一朝春雨洗山河万木峥嵘

百

百花吐艳春风暖
万物生辉国运昌

百花争艳山河美
群鸟欢歌岁月甜

百花香溢春光艳
万马蹄飞国运昌

百花雪尽今争放
众鸡春来始自鸣

百花齐放春光好
万马奔腾旭日红

百鸟鸣春开丽景
千帆逐浪鼓雄风

百鸟齐鸣迎旭日
千林披翠舞东风

百鸟朝凤歌声美
千门迎春岁月新

百鸟和鸣歌序曲
万民欢愉庆丰年

百载风云天地改
新元岁月画图开

百福尽随佳节至
千祥俱向早春来

百年天地回元气
一统山河际太平

百业兴昌欣逢盛世
万民愉悦喜接新年

百花争艳风景无限好
万象更新江山分外娇

百花争艳装点江山千古秀
九州欢腾齐歌祖国万年春

百福骈臻鱼跃鸢飞财进宝[①]
千祥云集水流花放福临门

百业万兴山海多姿皆入画
三春伊始神州无处不飞花

百业兴隆河清海晏人人乐[②]
千年盛世山明水秀处处春

①骈臻(pián zhēn)：一同来到。

②河清海晏：黄河水变得清澈，大海风平浪静，比喻社会安定，政通人和。

千

千古龙盘虎踞
三春燕舞莺歌

千家欢歌笑语
一路骏马春风

千仞峰峦皆秀
万里江河竞流

千里流莺花上锦①
八方沛雨柳含烟

千里朝霞辉碧野
一江春水涨新潮

千门彩树曈曈日②
万户清歌剪剪风③

千门共贴迎春画
万户同唱祝福歌

千里江山春气象
一年锦绣好文章

千条杨柳逢春绿
数点梅花入梦香

千条绿柳迎春舞
满树红梅对雪开

千家人庆桃符换
一夜春从爆竹来

千家桃李皆春色
万户屠苏不醉人④

---

①流莺：即莺，因其啼声婉转如流水，所以称为“流莺”。
②曈曈：日出时明亮的样子。
③剪剪：轻风吹拂的样子。
④屠苏：古代正月初一饮用的一种药酒。

千树雄姿送寒去
万朵梅花迎春来

千秋事业英雄气
万里山川锦绣图

千帆竞发催春讯
百舸争流荡晴波

千里松涛无山不绿
万顷麦浪有地皆春

千秋大业从今天做起
万代福源靠妙手争来

千家爆竹为河山喝彩
万户歌声唤海岳开心

千家乐乐千家人人如意
政策好好政策户户称心

千山叠翠风光好
万水扬波气象新

千顷农田千顷绿
一犁春雨一犁歌

千般春色千般福
四季花开四季香

千里遥途始于足下
万代伟业创自手中

千枝竞秀有天皆丽日
万木争荣无地不春风

千江绿水新潮逐浪高
万树红梅飞雪迎春到

千古江山增秀色春光临阶
万家人面映桃花喜气满堂

千帆竞发几经风雨几经浪
万马奔腾一路凯歌一路春

千门迎旭日山川普照春光满
万家趁春风人民喜庆锦绣美

万

万里春风陶礼乐
百年事业赖功劳

万里和风生绿柳
一片春光映红梅

万里和风融喜气
一轮红日发春华

万里江山凝秀色
满园花木竞朝晖

万里河山花似锦
千村老幼面皆春

万里河山铺锦锈
九天日月庆光华

万里河山披锦绣
千年枯木发春华

万里山河春浩荡
一天云锦日光华

万里勋名垂史册
千秋义勇壮河山

万里征途识马力
三春岁月有莺歌

万里彩霞迎旭日
一群骏马带朝烟

万顷烟波天接海
千舟欢笑喜迎春

万象风光春不老
一泓喜水福无疆

万顷嘉禾盈瑞气①
千园硕果笑春风

万象昭苏涵旭日②
百花吐艳舞春风

万象更新人间景
一枝独报天下春

万民发达三阳泰
各族欢迎五福临

万民勇进三阳泰
百族笑迎五福临

万民尽乐欢增岁
百业腾飞倍感时

万树梅花争早放
千骑骏马着先鞭

---

①嘉禾：原指形态异乎寻常的稻禾，古人认为是吉祥的征兆。现泛指生长硕壮的稻禾。

②昭苏：指恢复生机。

万树欣随春水绿
百花争向艳阳红

万木争荣五岭碧
千帆竞发一江春

万枝桃李新千户
一片风雨润八方

万朵云霞开锦绣
三春花树焕文章

万管玉箫歌盛世
千支妙笔赞新风

万壑松涛山雨过
千山花色水风生

万水千山今胜昔
三澡五岳旧更新

万岁昭苏新燕贺
一龙驰骋庆云飞[①]

万方更始歌尧日
四序重新贺大年

万众共书开拓史
九州同唱奋飞歌

万紫千红春灿烂
千家万户喜团圆

万紫千红百花争艳
五湖四海一体同春

---

①庆云：古人所认为的“瑞气”的一种。

万紫千红天开美景
五风十雨人庆丰年

万里春风峥嵘岁月
满庭瑞雪抖擞精神

万户春风礼陶乐淑
三阳景运人寿年丰

万事如意家业兴旺
一帆风顺财源广进

万象更新成城集众志
千帆竞发破浪乘东风

万树红梅飞雪迎春到
千江绿水心潮逐浪高

万里春风绽放文明花朵
千支彩笔齐描旖旎山川①

万紫千红有浓有淡
五湖四海同德同心

万里风和光生柳叶
五陵春暖色泛桃花

万象更新无山不秀
一元复始有水皆清

万里春潮融八方锦绣
九天晓日流五色云霞

万紫千红满园皆春色
五风十雨遍地尽朝晖

①旖旎：繁盛美好的样子。

万里江山重见尧天舜日
九州花木共沐时雨春风

万众一心描绘九州春色
红灯千盏装点万里江山

万象维新天降百祥随日至
三阳开泰人膺五福趁春来

万象皆春春色春光春似海
新年纳福福天福地福如山

万木逢春三山五岭皆吐翠
百花得意万紫千红尽争荣

万树红花几度东风送暖至
千行绿柳一天好雨伴春来

万里蓝天凤舞龙飞春光无限
千村绿野人欢马叫气象有余

生肖春联

子鼠

灵鼠迎春春色好
金鸡报晓晓光新

鹊喧梅放春入户
鼠报年来喜盈门

鼠须笔写吉祥字[1]
雀尾屏张如意图

梅放莺啼春到户
鼠临岁启喜盈门

春雨晓风花开五色
鼠须麟角力扫千军

甲帐和风吹回新律[2]
子亭春色笼照芳晖[3]

甲子开元江山添秀色
东风化雨天地共长春

---

①鼠须：指鼠须毛笔，鼠指黄鼠狼。

②甲帐：汉武帝所造的一种用珍宝珠玉制作的帐幕，用来请神灵下凡居留。

③子亭：指小亭子。

丑牛

灵鼠跳枝月影晃
春牛耕地谷香飘

蹄奋不须鞭入耳
国强全靠党带头

鼠去牛来闻虎啸
民殷国富看龙飞

子去丑来三阳开泰
鼠灵牛健万事亨通

寅虎

笛吹岁末年铃曲
壁挂年头虎啸图

金牛奋蹄开锦绣
乳虎添翼会风云

江山一统腾龙日
岁月三春入虎年

斗柄回寅除旧岁①
梅花数点报新春

①斗柄回寅：又作“北斗回寅”，意思是北斗星的斗柄指向了寅方，这是新一年的开端。

牛奋四蹄虎添双翼
人增干劲国奔小康

迎虎岁人人壮改革虎胆
贺新春处处树文明新风

牛岁牛奔踏胜利凯歌归去
虎年虎啸迎经济改革腾飞

卯兔

玉兔驾月观新岁
金猴捧桃兆丰年

喜玉兔今年奋起
祝巨龙明岁腾飞

临风门户迎春人
融月高楼接兔归

卯时美景花方艳
兔岁良辰酒更醇

喜兔年初露春色
继虎年大展宏图

青山虎啸雄风在
绿野兔奔好景来

虎岁才舒千里目
兔年更上一层楼

虎归山谷雄风在
兔到人间喜气生

虎岁刚饮祝捷酒
兔年又放报春花

虎啸雄风镇五岳
兔生瑞气秀三春

虎去雄风惊五岳
兔来健步跃三江

虎尾扫时年大吉
兔毫挥处岁新年

兔奔千里传春讯
龙腾九霄壮国威

丁帘卷雨饶春意[1]
卯酒盟杯祝丰年[2]

己过自责怨以远
卯门大启春为长

月照玉兔闻香桂
天行骏马踏春风

虎啸千山声声响应
兔驰万里步步腾飞

北斗回寅万户金鸡争唱晓
东风送暖九霄玉兔喜迎春

---

①丁帘：一种丁字形的卷帘。
②卯酒：指早晨喝的酒。

丁香悬玉树小果金黄生宝气
卯兔出蟾宫长毛雪白放银光①

辰龙

玉兔才随明月去
金龙又挟早春来

玉兔毫光生紫气
金龙捷足入青云

龙子龙孙龙年会龙潭
虎头虎脑虎气生虎威

东海跃明珠金龙献岁
南天升淑气黄鸟鸣春

高歌一曲迎金龙出海
痛饮千杯送玉兔归山

辞旧岁喜看金秋硕果巨
迎新年欢庆龙春气象宏

送玉兔硕果丰收千里雪
迎金龙宏图再展万年春

玉兔回眸留恋今朝美景
金龙昂首前瞻明日宏图

---

①蟾宫：指月亮。传说月中有蟾蜍，所以称为蟾宫。

巳蛇

大泽龙吟藏远志
莽原蛇蜕蕴生机

龙腾蛇舞中天瑞
日丽风和大地春

旧岁龙标金榜去
新年蛇献玉珠来

金蛇狂舞春添彩
玉树临风喜满门

日暖千山蛇起舞
春融九域凤来翔①

新春喜鹊登枝唱
吉地银蛇降福来

喜炮闹元春千家接喜
春风荣蛇岁万户迎春

佳节舞龙蛇千家敛福
东风荣草木万户迎春

龙飞凤舞锦绣山河添锦绣
龟瑞蛇祥光明中国更光明

---

①九域：指九州，中国的别称。

金龙送冬归祖国五风十雨
银蛇衔春至神州万紫千红

午马

冬去蛇留诗意里
春来马入画图中

喜谢银蛇留宝在
笑迎金马带春来

飞雪片片凝瑞兆
马蹄嘚嘚报春声

好鸟知时歌美景
良驹接岁创新图

马奔大路风生响
梅报早春雪吐香

马逢盛世成伟业
鹏举高天极大观

丹青描得山如画
翰墨绘来马似龙

化雨春风千里绿
扬蹄骏马八方雄

神驹轻踏春前草
小燕喜穿柳上风

新春帖留吉祥草
骏马图挂墨韵斋

新桃又报笙歌日
神骏宜追治世风

宝马扬蹄奔大道
金鸡昂首报新春

红梅翠柳妆春色
赤兔青骝跃画图

伏枥犹存千里志
添翼更上九重天

新岁新春新气象
好人好马好前程

豪情振笔歌新岁
骏马加鞭奔坦途

向阳花木三春雨
得意马蹄一路风

水如碧玉山如黛
人奋雄心马奋蹄

雄鹰大展凌云志
骏马喜迎改革春

齐跨骏马迎新岁
满斟美酒贺丰年

跃马扬鞭抒壮志
耕云播雨夺丰收

立马昆仑山岳伟
扬帆苍海浪涛雄

改革同乘千里马
奋飞欲揽九天星

山舞银蛇梅开北国
原驰骏马春报南疆

跃马迎春春风扑面
抬头见喜喜气盈门

喜盈门天乐人亦乐
庆春节马驰志也驰

纪月建寅群芳竞秀①
启元属午万骥争驰

春回大地处处添异彩
马到神州人人庆新年

神州呈瑞彩满天捷报迎旭日
大地庆马年一路凯歌壮春风

大地回春九州焕彩
银驹献瑞四季呈祥

庆盛世雄狮轻起舞
展宏图快马猛加鞭

骅骝开大道百业兴旺
骏马到神州万人欢歌

未羊

①建寅：古代以北斗星斗柄的指向来确定月份，斗柄指向十二辰中的寅即为夏历正月。

马奔万里昌国运
羊登千山展宏图

马风事事合民意
羊年处处沐春风

马蹄腾跃凯歌奏
羊角扶摇捷报传①

双燕合迎欢乐到
五羊共送吉祥来②

金马腾飞抒壮志
玉羊跑跃庆新春

凯歌阵阵玉门已过千里马
鼓角声声泰岱又登带头羊

天马班师捷报频传惊宇宙
瑞羊降世宏图再展耀神州

申猴

除夕羊随爆竹去
大年猴伴烟花来

未羊申猴兴国瑞
莺歌燕舞喜春光

---

①羊角：指盘旋上升的风。典出《庄子·逍遥游》："抟扶摇羊角而上者九万里。"

②五羊：传说有五位仙人手执谷穗乘五色羊来到广州城，因此广州得名五羊城。

金猴举棒驱妖魔
八方进宝迎瑞气

满园春色穿墙出
两岸猿声报喜来①

桃花点点千山秀
猴岁家家四季春

猴喜满园桃李艳
岁迁遍地春光明

金猴玉兔弄春色
紫燕黄莺弹妙音

大圣迎春图改革②
新风拂面倡文明

大圣重来惩腐恶
宏图再展现辉煌

花果飘香美哉乐土
猴年增色又换人间

酉鸡

宝马扬蹄奔大道
金鸡昂首报新春

天兆丰年飞瑞雪
春迎喜讯唱金鸡

---

①两岸猿声：语出唐代诗人李白《早发白帝城》：“两岸猿声啼不住，轻舟已过万重山。”

②大圣：即齐天大圣孙悟空，借指猴。

凤纪书元人间改岁[1]
鸡声告起天下皆春

金猴一吼彩云捧旭日
晨鸡三唱朝霞染红梅

戌狗

日新月异鸡啼晓
岁吉年祥犬守门

狗护一门喜无恙
人勤四季庆有余

戌岁祝福万事顺
狗年兆丰五谷香

瑞雪铺成丰稔景
犬蹄踏出报春花

亥猪

狗年已展十分锦
猪岁再登百步楼

狗守家门旧主喜
猪增财富新春欢

迎猪年春至福临生机勃勃
送犬岁除夕年丰喜气洋洋

---

①凤纪：又称凤历，意为年历，也就是纪年历法。

豕岁又是丰收高高兴兴送去
鼠年更为繁荣喜喜欢欢迎来

城乡通用春联

爱栽桃李与人乐
喜看梅花为我开

爱国心诚葵向日
迎春花早鼓催人

爱国丹心昭日月
兴邦壮志起风雷

把酒携春奔盛纪
吟诗祝福启新航

白雪无声梅斗艳
东风有意柳争春

白帆挂出东方日
银网收回南海潮

白雪银枝辞旧岁
和风细雨润丰年

爆竹一声除旧岁
桃符万户换新春

爆竹一声辞腊月
红花万朵笑春风

爆竹声中除旧岁
梅花香里报新春

爆竹犹留千古事
梅花独占一枝春

爆竹冲天去报喜
飞花入门来贺年

笔书福字悬门上
诗借春风入画中

碧海青天千里秀
红楼绿水万家春

碧桃丹桂探春色
甘雨和风兆丰年

碧海金波涵旭日
春风银网耀朱鳞

爆竹花开灯结彩
春江柳发岁更新

爆竹烟花添瑞气
颜筋柳骨写春秋①

碧水温柔怀明月
青山豪放笑春风

碧海红霞辉玉宇
东风旭日荡神州

碧浪千层春雨足
清风十里稻花香

碧海青天灿烂日
红花绿树锦绣春

---

①颜筋柳骨：原意为唐代书法家颜真卿和柳公权的字体，这里泛指书法作品。

遍地祥光临福宅
满天喜气入华堂

不违天道春常驻
善用人才国永兴

财如旭日腾云起
富似春潮带雨来

财源兴盛勤劳户
运气造福节俭家

灿烂花灯光盛景
喧腾锣鼓颂丰年

草绿花红锦绣地
粮丰林茂小康村

草色初成新气象
春光犹似旧年华

草长莺飞两岸阔
湖平风正一帆悬

策马前驱现代化
闻鸡起舞建设程

姹紫嫣红春灿灿
千村万户喜洋洋

长风劲送千帆远
百鸟齐鸣万木春

长天气转千山绿
大地春回百草香

长将有日思无日
莫把无时当有时

长开泰运禧新岁
最爱春光媚画堂

倡导文明兴祖国
发扬传统振中华

潮来海角千帆动
春到渔船万尾鲜

晨风拂面扬帆去
暮色染舟踏浪归

诚心革故春长在
执意图新富自来

赤县开千秋国运[1]
红旗舞万代雄风

锄春广种扶贫树
挑露长浇致富花

传家有道唯忠存
处世无奇但率真

创成世上惊天业
谱写人间动地诗

春春迎春春光美
年年过年年景强

春风似仙姬奏乐
飞雪如天女散花

春风吹发英雄树
时雨浇开世纪花

春风有色能描画
细雨无声好润诗

①赤县："赤县神州"的简称，即指中国。

春风得意马蹄疾
壮志凌云业绩新

春风得意花千里
丽日扬辉暖万家

春风大雅能容物
秋水文章不染尘

春风放胆来梳柳
夜雨瞒人去润花

春风又绿芳原草
时雨全青沃野苗

春风吹绿千山树
旭日耀红万苑花

春风送暖先舒柳
天意驱寒早放梅

春风得意马蹄奋
壮志凌云龙步腾

春风一至千山绿
旧燕双归万户新

春风似仙姬拨乐
飞雪如天女散花

春风和煦山河俊
民意欢腾岁月新

春风化雨千家秀
红日增辉万木荣

春风细剪池边柳
旭日浓妆岭上梅

春风送暖归杨柳
细雨飞红上碧桃

春风荡漾千丝柳
时雨催耕万顷田

春风堂上初来燕
秀雨庭前新种花

春风梳绿千门柳
润雨新红一径花

春风掩映千门柳
暖日晴开一径花

春风喜送千丝暖
旭日光生万户芳

春风春雨春光好
新岁新景新事多

春风晓日随流水
渔歌轻舟载锦鳞

春风已著花千树
丽日又添果万株

春风惠我财源茂
旭日临门人寿康

春风催花花似锦
丹青绘景景更新

春风笑逐福音至
天马喜随捷报飞

春风碧水鸥鹭静
旭日青山牛马嘶

春风南国来新燕
旭日东方起大鹏

春风拂柳家山秀
细雨润花画堂红

春随芳草千年艳
人与梅花一样清

春归绿柳红梅上
家住青山碧水间

春归柳梢莺声俏
风曳梅枝花气浓

春归祖国春风暖
喜看侨乡喜气多

春意融融盈富户
财神款款到农家

春到草原满眼绿
喜盈篷帐合家欢

春江水暖云追月
镜海波平水接天

春回千家飞紫燕
福临万户报金鸡

春回瑞气笼仁里
日拥祥云护德门

春入春天春不老
福临福地福无疆

春入门庭多秀色
瑞呈宇宙有光辉

春上枝头寒霜去
福降人间紫燕归

春日春风春满院
燕歌燕舞燕临门

春水船如天上坐
秋江人在镜中行

春光一片连天碧
笑脸千张映日红

春水多情花半露
东风足劲燕双飞

春光满院莺鸣柳
喜气盈门鹊喧梅

春光先到门前柳
新岁初开苑内花

春安夏泰长安泰
秋吉冬祥大吉祥

春回大地风光好
福满人间喜事多

春回黄鹤红花地
日暖白云紫气天

春至百花香满地
节来万事喜盈门

春色不随流水去
花香时送好风来

春动生机龙吐雨
物宜时令鸟催耕

春来日丽莺争啭
冬去雪消燕竞归

春来芳草依旧绿
时到梅花自然红

春雨昭苏传喜讯
紫阳高照暖人心

春回大地千山秀
日暖神州万木春

春回大地百花艳
雨过群山万树青

春华秋实盈庭灿
桂馥兰馨遍地荣

春至阳回千顷绿
时来运转万家新

春色无边称禹甸
世风有道胜尧天

春色掩映千门柳
碧波旋回十里花

春花消息红梅报
芳草萌芽细雨催

春到人间人增寿
喜临门第门生辉

春到山乡遍地喜
福临农户满庭春

春到农家添异彩
风吹田野吐清香

春到红梅馨万户
岁更爆竹响千门

春和草木四时秀
国泰田园五谷丰

春剪柳海莺先舞
露洒松涛鹤方歌

春盈四海风光美
花满九州景色娇

春盈四海千山绿
花漫九州万里红

春情寄语千条柳
门第流芳万卷书

春寓枝头迎佳岁
乐在心中接丰年

春联换尽千家旧
爆竹催开万象新

春落红梅香万树
岁更爆竹响千门

春露含娇泛紫气
野花吐艳迎朝阳

春到百花香满地
时来万事喜临门

春到堂前添瑞气
日临庭上起祥光

春和草木当庭秀
国泰山河映户新

春明锦树舒红日
露润繁花映紫霞

春艳神州诗万卷
人逢新岁酒千杯

春景垂临增福庆
世风好转振文明

春联迎春春入户
喜鹊报喜喜盈门

春暖园中花笑艳
日融堤上柳含鲜

春临门户白雪化
福降人间黄牛忙

春花吐艳香千里
快马加鞭跃九州

春日寻芳骑骏马
国家思治用贤才

春情寄语千条柳
快马加鞭万里程

春意盎然龙起舞
惠风和畅马腾奔

春暖花开迎丽日
人强马壮夺丰年

春融大地莺声脆
日照征途马步轻

春雨昭苏传喜讯
艳阳高照暖人心

春和景明花富贵
风调雨顺竹平安

春回大地春光好
福满人间福气盈

春拂嫩柳山村暖
雪点寒梅小院香

春满乾坤来瑞鹤
花开锦绣照青松

春去春来春常在
花落花开花更红

春回大地春光好
福满人间福气浓

春日春风春光美
燕飞燕舞燕语新

春入堂前添瑞气
花飞阶上满清香

春深碧海腾龙甲
花满瑶池起凤毛

春临玉树新枝发
日映华堂紫燕安

春盈四海千山绿
花漫九州万里红

春联对对描佳节
椒酒杯杯颂丰年①

春信方传南国草
东风又染北江梅

春运洽融天日永
阳和发育物华新

春来喜著江山秀
节到欢吟宇宙新

春来天赐宅中喜
福至人添锦上花

春来也金梅吐秀
冬去矣红杏生香

春前有雨花开早
秋后无霜叶落迟

辞旧岁草原披绿
贺新春马额标红

---

①椒酒：用椒和柏浸制的酒，也叫椒柏酒。古时正月初一用来祭祖或是敬献给家中长辈表示祝福长寿之意。

辞岁红梅开五瓣
迎春新俗倡三风①

大有作为新日月
无边春色好河山

大地山川生笔底
九州人物上毫端

大地有处皆丽日
人间无时不春风

大地山河鲜似锦
高天日月丽如虹

大地春回花竞放
新天日出鸟争鸣

大地春回添锦绣
江山雪后更妖娆

大地春光红艳艳
神州佳节乐陶陶

大江南北映红日
长城内外尽朝晖

大好河山开盛纪
风流人物数今朝

大道扬鞭驰骏马
高天振翼展雄才

大鹏俯视九州地
天马行驰万里空

①三风：指学风、文风、党风。

党施惠政如人意
世展良图合国情

党政英明添百福
民生兴旺纳千祥

荡荡春风苏万物
霏霏细雨润群芳

得意春风苏万物
及时甘雨奋群英

德政仁声传万代
宏图伟业耀千秋

登堂喜进延龄酒
绕膝欢分压岁钱

地旺人勤山献宝
春浓日暖国生辉

地献粮棉山献宝
民增福寿国增强

地领春风花世界
天赠瑞雪玉乾坤

地灵人杰千祥集
裕后光前百福临

迭篆清香薰栋宇①
一帘春色映梅花

冬去年留诗意美
春来身入画图新

---

①迭篆：指代熏烧所用的香料。古时常将熏香做成盘曲的篆字形状。

冬去犹留诗意在
春来身入画图中

冬去喜生吉祥草
春来乐种富贵花

冬去山川齐秀丽
春来桃李共芬芳

冬去堂前迎紫燕
春来枝上舞黄莺

冬去红梅笑飞雪
春来绿柳舞和风

冬去神州千树茂
春来祖国万家红

冬雪已白千里草
春晖又红万树花

冬雪犹留诗意在
春风又入画图中

冬寒宜饮梅花酒
春暖早折杨柳枝

堆金积玉无双富
聚宝藏珍第一家

儿孝媳贤福添寿
家和邻睦喜增欢

芳草春回依旧绿
梅花时到自然香

飞雪喜送贺年帖
春风笑吟祝福诗

飞雪伴梅无逊色
新春跃马有健蹄

丰收喜报全家福
改革笑迎满眼春

风波初定太平日
雨露新滋大有年

风尘一路蹄声碎
爆竹千家喜气浓

风吹稻麦翻金浪
日照棉麻闪银光

风吹绿柳千门晓
雨润红梅万象新

风光胜旧春满目
岁序更新喜盈门

风和日丽花争笑
水绿山青鸟竞歌

风飘嫩柳群山暖
雪点寒梅一院香

风平浪静扬帆去
鱼跃人欢把棹归

风清流水当门转
春暖飞花隔岸来

风调雨顺年成好
金果银鳞收入高

芙蓉国里农家乐
杨柳林中稻谷香

福如东海长流水
寿比南山不老松

福伴朝阳蒸蒸上
喜随春江滚滚来

福禄寿三星拱照
天地人一体同春

富国兴邦财源广
贸无易有天地宽

富如旭日腾云起
财似春潮随雨来

高扬时代主旋律
妙绘神州新画图

宫梅映雪祥光蔼[1]
堤柳迎阳淑气新

古柳荫中来走马
好花深处有鸣禽

光荣灯照光荣匾
幸福花开幸福家

国富民强逢盛世
草长莺飞正阳春

国泰民安歌盛世
年丰人寿庆新春

国施善政人人乐
党树新风处处春

国逢安定百年好
时际芳春万象新

国有鸿恩春日永
家传仁德福星明

---

①宫梅：宫中种植的梅花。元代夏文彦《图绘宝鉴》卷四记载，道士丁野堂因善画梅竹得到宋理宗召见，理宗问："卿所画者，恐非宫梅？"答道："臣所见者，江路野梅耳。"野堂之号由此而来。

海上渔歌随浪涌
岸边喜气逐春来

海峡千帆朝故里
春风万里共婵娟

海纳百川呈瑞彩
天开万里醉春风

寒梅竞报新春到
爆竹频催财神来

好趁春风抒壮志
常随丽日展宏图

好书悟后三更月
良友来时四座春

和风融融拂千里
丽日杲杲映百川①

和气盈门迎瑞气
春光满眼映祥光

和气自生君子室
春光先到吉人家

和顺一门添百福
平安二字值千金

和煦艳阳千顷绿
浩荡东风万木苏

河清海宴神州暖
人寿年丰节气和

①杲(gǎo)杲：明亮的样子。

河边淑气迎芳草
水面春风戏娇花

红花满林飘如雨
翠光摇户散作烟

红梅灿灿迎春到
碧水盈盈盼客来

红梅喜引三春至
爆竹频传五福来

红梅雪映千山笑
碧野牛耕五谷香

红梅乍绽知春早
白雪初融兆岁丰

贺岁欢欣歌大治
扬鞭奋发展宏猷[1]

红梅傲雪花尤俏
翠柏耐寒叶更繁

红梅斗雪祥光满
绿柳迎阳淑气新

红梅献瑞千门富
快马加鞭一路春

红梅一枝报春到
彩灯万盏照年来

红旗指引康庄道
祖国笑迎改革春

①猷（yóu）：计划、谋划。

红染重枝莺对唱
碧垂曲水色平分

红日舒辉临宅第
春风送暖入庭堂

红杏枝头春意满
农家院里笑声稠

红杏枝头春意闹
绿杨烟外晓云轻

红杏香里流春意
金鸡啼处报佳音

宏图大展兴隆地
泰运长临富裕家

户满春风春满户
门盈喜气喜盈门

花发门前春色俏
柳临江上惠风和

花放四时呈秀色
马驰万里报佳音

花动一城春浩荡
歌酣万户国升平

花放东风香万里
柳舒时雨绿三分

花锦堆红香燕垒
柳丝回韵织莺帘

花开富贵年年好
竹报平安节节高

花开富贵家家乐
灯照吉祥岁岁欢

花开四季香遍地
竹报三多喜盈门

花里清歌春载酒
琴中流水静留宾

花木向阳春不老
人民跟党福无边

花气袭人知骤暖
鹊声穿树喜新晴①

花木有情迎我笑
江山会意接春回

花能解语迎人笑
草不知名随雨生

花香满院春风至
喜气盈门幸福来

花因幸福也含笑
鸟为胜利亦高歌

花迎喜气皆如笑
鸟语欢声亦解歌

花知春暖枝萌蕊
人报党恩心献红

华夏年年腾骏业
新春岁岁展宏猷

化日舒长莺语巧
春风送远马蹄急

化雨春风开柳眼
登枝喜鹊动梅心

欢度新年联雅咏
高歌善政纵豪吟

---

①此联出自宋代诗人陆游《村居书喜》。

惠政兴邦千家富
赤诚报国万众心

火树银花明盛世
龙腾狮舞闹新春

击节歌扬红日下
传音喜报碧云中

鸡安犬宁人康泰
雨顺风调岁稔丰

鸡唱三声春满野
梅开万户喜盈门

吉地祥光开泰运
重门旭日耀阳春

吉祥草发亲仁里
富贵花开画锦堂

吉祥在户人增寿
道德传家福满门

吉星高照安吉第
福曜常临幸福家

几点梅花添逸兴
数声鸟语助吟怀

几声羌笛飘牛背
万里草原跃马蹄

计利须思天下利
求财勿取法外财

佳苑春风辉翰墨
重门瑞色沐恩光

家过小康甜蜜日
春归大地艳阳天

家添财富人添寿
春满田园福满门

茧花结出丰收果
汗水汇成幸福泉

江山画卷描新样
桃李春风改旧观

江山盛世春风里
日月新天画图中

江山五色三千里
诗酒一席十万家

江山一统腾龙日
岁月三春入虎年

阶前春色迎人笑
窗外梅花焕物华

家祥世衍无疆庆
国泰天开不老春

建设中华齐发奋
振兴祖国共争光

江山锦绣诗中画
骏马奔腾路上春

江山似锦呈异彩
大地皆春映朝晖

江山喜酿迎春酒
莺燕争鸣祝福歌

阶前春色鲜如许
院外风光翠欲流

借得梅花十度意
嫁给春色一缕情

金戈铁马英雄第
卫国保疆战士家

金光大道鞭催马
黄土田间犁追牛

金鸡唱出小康景
玉犬迎来大有年

金鸡唱晓千山翠
喜鹊登枝万户春

金鸡啼出千门晓
桃符换来万象新

金鸡啼处升红日
绿水流时涌春光

金鸡啼抬头见喜
春风吹举步生辉

金鸡晓唱千家喜
白鹭晨飞万户春

金鸡一唱千门晓
绿柳千条四海春

金鸡争鸣春意闹
红梅竞放喜讯传

金鼓催春春意闹
宏图映日日光华

金针绣出九州锦
彩树联成四季诗

金樽玉粟千门秀
绿树红楼万户春

锦绣春光临大地
光荣红榜照门庭

锦绣河山牛马壮
升平世界犬羊肥

近水楼台先得月
向阳花木早逢春

精耕细作丰收年
勤俭持家有余年

景象承平开泰运
风云如意获丰收

景是仙鸾描出画
形为天马负来图①

酒祝丰年康泰日
鸟传大地吉祥春

旧岁已添十分好
新年更上一层楼

举国英豪开盛纪
中天丽日庆长春

聚宝藏珍凝瑞气
兴家创业起春潮

军属门上光荣匾
战士胸前英雄花

军属门庭门结彩
文明院落院生辉

开门见喜财源进
举手迎新福泽来

---

①天马：传说上古时代，有一匹龙马从黄河中跃出，身上负有一种玄妙的图案，伏羲看到之后，根据这种图案画出了八卦。龙马所负的图案叫作“河图”。

开源引出千泓水
节流汇成万顷波

看祖国江山如画
喜神州绿野同春

康泰一家生百福
祥和二字重千金

科技兴农鹏展翼
人才落户锦添花

腊梅吐芳映红日
翠柳含笑撒银花

劳动人家春永驻
炎黄儿女福无边

老骥伏枥千里志①
短锥处囊半寸锋②

老骥犹存千里志
巨龙更上一重天

老鞭破土抽新笋
时燕衔泥入旧家

两岸红梅燃古意
一堤绿柳寄春思

---

①老骥伏枥：语出三国时期曹操的诗《步出夏门行》：“老骥伏枥，志在千里；烈士暮年，壮心不已。”

②短锥处囊：典出《史记·平原君虞卿列传》。战国时有个叫毛遂的人，在赵国平原君门下待了很多年，毫无建树。赵孝成王九年，秦国犯赵，平原君受命去楚国求援。毛遂向平原君自荐随行，平原君表示对他的能力一无所知。毛遂说，锥子若放进袋子里，很快就会露出尖头，如今我没有露出来，是因为您根本没有把我放进袋子里啊。平原君就带他去了楚国。毛遂在犹豫不决的楚王面前痛陈利害，终于说服了楚国出兵救赵。这个故事也是成语“毛遂自荐”和“脱颖而出”的出处。

麟舞祥院人财旺
凤踞高门事业兴

柳眼才舒芳草地
桃腮正晕碧云天

柳眼桃腮舒化日
莺歌燕舞闹春风

龙盘家内人财旺
凤舞门前事业兴

龙腾华夏开新运
鹊上枝头报好音

绿柳舒眉观新岁
红桃开口笑丰年

绿柳摇风燕织锦
红桃沐雨牛耕春

绿满林区山滴翠
春回茶岭路飘香

绿树常青春不老
红旗永举日恒光

绿竹常留四时景
金鸡报来万家春

马思边草拳毛动①
雕盼青云睡眼开

马蹄得意奔新路
鹊语随心报好音

①拳毛：卷曲的毛或头发。安葬唐太宗李世民的昭陵，石刻上有六匹骏马，称为“昭陵六骏”，其中有一匹名为拳毛䯄，是李世民征战沙场时的坐骑，其得名就是因马身上长满卷曲的毛。

满园春色花正笑
两岸和风柳欲舒

漫将柳风编图案
乐把杏雨绘画轴

梅含秀色三江碧
柳拂朝阳四海春

梅带寒冬成旧岁
酒飘香味入新春

梅红塞北满天彩
柳绿江南遍地春

梅花伴雪思争俏
竹笋逢春敢冒尖

梅花光映千门晓
竹叶香浮万户春

梅花树上春风暖
桂子丛中时雨新

梅花一笑百花醒
布谷三声五谷香

梅花有识迎春早
柳絮无心报节迟

梅花欲待歌前发
兰气先迎酒上来

梅迎春意染新色
鸟借东风传好音

梅竹平安春意满
椿萱荣茂寿源长①

梅竹千声歌盛世
花灯万点报新春

①椿萱：椿树、萱草。指代父母。

美酒一杯辞旧岁
红花万朵盼新春

门垂五株先生柳①
香满一池君子花②

门对青山千里秀
家居旺地四时春

门畔春色迎年秀
马前征途映眼新

门前嫩柳沾春露
院里好花映月光

门上桃符浮瑞气
宅前爆竹贺新年

门外奇花饶有锦
庭前瑞草总迎春

门迎百福春光好
户纳千祥景色新

门迎百福福星照
户纳千祥祥运腾

门迎吉庆家声远
满室荣华世泽长

门迎绿水荷藕满
户对青田稻黍春

门迎晓日财源广
户纳春风喜庆多

---

①先生柳：晋代诗人陶渊明退隐归乡，因家门前种有五棵柳树，故号“五柳先生”。

②君子花：孔子曾说“芝兰生幽谷，不以无人而不芳，君子修道立德，不为穷困而改节”，所以兰花被称为君子之花。

门栽桃李延春暖
日驻桑榆爱晚晴

民富国强万物盛
人和家兴百业昌

牡丹朵朵开富贵
紫燕声声唱阳春

南湖春色浮天地
东岱青岚入画图

南山玉凤传珍宝
北海金龙送福财

南燕双飞三径闹
东风一笑百花开

年得丰盛家家富
民思安定日日兴

年丰人寿福音盛
水绿山青春景长

年丰人寿福如海
柳暗花明春似潮

年开舜日江山秀
人乐尧天宇宙新

年年过年年年好
月月赏月月月圆

年年迎春春常在
岁岁祝福福满门

年瑞人欢花解语
春融蝶舞鸟知音

鸟韵入帘春正早
花香浮动日初长

牛耕沃野层层绿
鹊闹红梅朵朵香

牛马猪羊六畜旺
花叶菱藕一池鲜

牛羊并壮猪盈圈
鸡鸭成群鱼满塘

牛羊过溪水云起
禽鸟在树山花开

牛壮猪肥六畜旺
林茂粮丰五业兴

农户逢春春似锦
科学致富富盈门

盼福望福福进户
想财招财财临门

平安竹报全家庆
富贵花开满室春

平安竹报全家庆
光荣花开合院芳

奇策胜陶朱妙术
厚生运端木良谋①

齐策战马迎新岁
满斟美酒贺丰年

乾坤日月祥光照
龙虎风云瑞气生

---

①端木良谋：端木指孔子的学生子贡，他姓端木，名赐，非常善于做生意。他当过鲁国、卫国的宰相，有很多厚待民生的举措。

勤劳儿女财源盛
和睦家庭福泽长

勤劳门第春来早
和睦人家燕去迟

勤与俭治家妙策
忍且和处世良谋

青春有限志无限
岁月无情人有情

青山不语花含笑
流水无声鸟作歌

青山绿水风云静
碧海蓝天日月明

青山有墨千秋画
绿水无弦万古琴

青松别具三分景
红梅报来万家春

晴空好展腾飞翅
妙笔齐书改革篇

晴空好展青云翅
重彩难描赤县天

庆新春年年如意
辞旧岁月月平安

犬卧阶眠知地润
鸟临窗语报天晴

人逢盛世精神爽
岁转阳春气象新

人逢盛世居栖稳
运际阳春气象新

人逢盛世抒雄志　　人逢盛世豪情壮
梅送清香报早春　　节遇新春喜庆盈

人逢盛世皆添笑　　人和政善千家乐
花到阳春尽展颜　　国泰民安百业兴

人欢马叫升平世　　人杰地灵家计裕
燕语莺歌锦绣春　　物华天宝国基宏

人聚庭前话春意　　人面共桃花一色
蝶舞院中戏梅花　　歌声同笑语齐飞

人面如花迎客笑　　人强马壮康乐日
春风似酒伴诗吟　　囤满仓盈富裕年

人寿年丰新岁月　　人寿年丰家家乐
梅香雪瑞好春光　　国泰民安处处春

人似桃花争织锦　　人添志气虎添翼
春如碧海竞扬帆　　国庆富强民庆春

人物风流推此代
江山锦绣看今朝

人兴财旺时时乐
心想事成日日欢

人有笑颜春不老
室存和气福无边

日丽风和春浩荡
花香鸟语物昭苏

日丽山河增秀色
风和大地播春晖

日暖风和催人起
花香鸟唱庆春来

日新月异鸡啼晓
岁吉年祥犬守门

日映晚霞金世界
月浮天宇玉乾坤

日月光辉千里共
春风柔暖九州同

日月光华歌复旦①
云霞灿烂乐长春

日月祥光来第宅②
乾坤瑞气到衍门③

日照江山千载秀
春催祖国万年昌

---

①复旦：意思是再次出现光明，也就是天亮了。

②第宅：旧时指富贵人家的宅邸。

③衍门：富足、盛大的人家。

瑞气呈祥舒万物
财源有路富千家

瑞日祥光堆锦绣
山川春色尽春风

瑞雪无声润大地
春风有意拂神州

瑞雪纷飞寒节去
梅花盛放好春回

瑞雪铺开幸福路
春风拂开吉祥门

山川灵妙能长慧
花木精神亦永年

山水有情皆着绿
城乡无处不飞红

瑞气千条万众福
春风一度九州新

瑞日芝兰光早第
春风棠棣振家声

瑞雪频催红梅蕊
春风新发绿柳枝

瑞雪翩翩丰收景
犬蹄朵朵报春花

瑞雪迎春灯结彩
香梅对户月初圆

山青水绿春长在
人寿年丰福永留

山铺瑞雪无墨画
水沐春风有声诗

山舞银蛇春烂漫
路驰骏马景妖娆

神龙能作苍生雨
饮马常怀赤帝风

盛世有逢皆乐事
春城无处不飞花

时雨尽染千顷绿
春光不使一人闲

时雨遍沾芳径草
丽日普照向阳花

鼠因仓固潜踪去
犬为世宁放胆眠

数点梅花添喜庆
几声爆竹道安祥

山舞银蛇尘垢净
天嘘紫气彩云开

神州美景千年盛
华夏春光百载新

诗书满座风云起
老友一堂富贵春

时雨点红桃万树
春风吹绿柳千条

疏柳摇曳农家院
红杏热闹富裕门

数声柳笛飘牛背
无际春光到田头

树展嫩枝春世界
楹添新墨好时光

水流春光山流彩
人恋事业蝶恋花

岁月逢春花万树
人民得意力千钧

岁有如春花解语
人心思治鸟调音

岁月知春花解语
人心思治鸟知音

岁逢盛世家家富
人遇华年个个欢

岁岁喜结丰收果
家家欣开富裕花

岁通盛世家家福
人遇华年处处春

岁月如山思远举
英雄满座论宏谋

太平世界家家乐
锦绣河山处处春

泰运方开歌岁首
和风初拂庆春魁

泰运洽融春日永
阳和发育物华新

桃红柳绿迎盛世
人欢马叫颂华年

桃花已发三层浪
玉树长含万里风

桃蕾艳开三月雨
梅蕊香送九天风

桃吐千花迎财至
梅开五福接春来

提倡依法经营富
鼓励公平获利多

天道不言苏百草
地祥有意奉三春

天好地好人更好
猪多粮多福愈多

天将化日舒清景
国有英才焕泰和

天开美景春光好
人庆丰年节气和

天时地利福禄至
物阜年丰门庭吉

题诗犹有风雷笔
报国常怀赤子心

天长地久三胞谊
人寿月圆四海心

天翻地覆今胜昔
水笑山欢画配诗

天将化日舒清景
室有春风聚太和

天降甘霖滋百草
党施惠政富千村

天空明月一轮照
人间春风万里行

天泰地泰三阳泰
国兴家兴万事兴

天下皆乐人长寿
世间同春树延年

天心复见梅花点
元日又闻爆竹声

天增岁月人增寿
春满乾坤福满门

田野风光如画卷
农家生活赛神仙

庭前雪兆丰收景
岭上梅催富贵花

庭院落絮阳春柳
村寨新歌拂晓鸡

铜山金矿皆财富
骏马肥牛亦利源

无边春色来天地
有庆年头跃虎龙

无边春色百花艳
有庆年头万木春

无声瑞雪藏春意
有信黄鹂破柳烟

无限新春归大地
几番瑞雪兆丰年

物阜年丰民富裕
龙腾虎跃国兴隆

喜接三星来户内①
欣迎五福进堂中

喜今朝百般胜意
看明岁万事亨通

①三星：指民间俗信的福、禄、寿三仙。

喜看春来花千树
笑饮丰年酒一杯

喜看春来花万朵
兴干醉后酒三杯

喜看稻菽翻金浪
大展江山致富图

喜看桃花开满树
笑斟椒酒饮多杯

喜庆新春同把酒
欢歌盛世共吟诗

喜鹊登枝盈门喜
春花烂漫大地春

喜鹊登枝迎新岁
金鸡起舞报福音

喜吟大地三春绿
乐赏神州万里红

喜沾春雨花千树
笑舞东风柳万条

喜祖国繁荣大有
庆侨乡幸福无疆

细雨无声滋大地
和风有意暖人心

霞蔚云蒸新时代
春华秋实美农村

祥光万道临福地
瑞气千条绕华庭

祥和一家生百福
安定二字值千金

向阳门第春常在
勤俭人家庆有余

向阳门第春常在
积善人家庆有余

向阳门第春光好
夺路骅骝志气豪

心如花美家家美
业比蔗甜节节甜

新春新景新家运
多福多财多寿康

新景千祥临富第
阳春百福进高门

新年共享丰收果
盛世同栽幸福花

新蒲细柳皆春色
紫燕黄鹂共妙音

新世纪繁花耀眼
大中华碧海腾龙

雄鸡高唱千门晓
红杏盛开万户春

雄鸡一唱鸣春晓
喜鹊双飞报佳音

雄心共揽霜天月
壮志齐攻科学关

旭日一轮光玉宇
春风万里绿神州

旭日照山亦照水
春风惠我也惠人

雪白始知松柏劲
风清更觉桃李香

雪飞六出铺锦绣[1]
梅吐五福报新春

雪化红梅呈异彩
春回芳草发新芽

雪霁神州迎瑞日
云开赤县著花天

雪洁巧铺千里玉
柳舒喜绽万条金

雪融大地春风近
霞染长天旭日高

雪下已分六出景
花前又是一番春

雪消门外千山绿
花发江边两岸红

雪消门外千山绿
春到人间万户欢

雪消门外千山绿
梅点人间万户春

雪消门外山山绿
花发枝头月月红

雪映红梅千山秀
鹤伴青松万壑春

---

①六出：雪花的别称，“出”的意思是花所生的瓣，因雪花有六角，故名。

雪映红梅千山笑
春融碧草万里芳

燕翻玉剪穿门入
莺掷金梭过墙来

燕翻玉剪穿红雨
莺掷金梭破绿烟

燕剪轻裁风下柳
秧针精绣雨中花

燕舞莺歌歌盛世
国安家庆庆新春

燕向花间翻玉剪
莺从柳外掷金梭

燕子归来寻故主
桃花依旧笑春风

眼底常观新世界
身边永伴好河山

阳和律吕千门晓①
玉振金声万象新

遥闻爆竹知更岁
偶见梅花觉已春

夜至春敲天乍暖
晨投花绽地尤香

衣丰食足农为首
业乐居安国是家

---

①律吕：古代用来校正音律的器具，通常以竹管或金属管制成，共有12根，管的直径相等，长短不同，可以吹出不同高度的音。从最低音开始往上数，奇数管称为“律”，偶数管称为“吕”，合称“律吕”。

旖旎春光脱旧貌
风流人物看今朝

莺歌燕舞芳菲日
马叫人欢艳阳春

莺歌燕舞阳春景
穗熟花繁丰乐图

莺歌燕舞春无限
雨顺风调岁有年

莺歌燕舞春光好
永远山高幸福长

莺啼柳浪山山秀
犬卧春台户户安

迎春瑞雪妆梅艳
送暖和风着柳新

迎春曙色含芳景
近日光辉接彩霞

迎春逸兴闻鸡舞
祝岁豪情对鹊歌

迎客迎春迎富贵
纳财纳福纳平安

迎新春百花齐放
送寒冬万象更新

迎新春春光灿烂
辞旧岁岁月火红

映阶碧草生春色
隔叶黄鹂送好音

映日梅花三五点
迎春爆竹万千声

鱼香醉倒千重浪
螺号唤来万户春

渔船冲破千层浪
银网拖来万担鱼[①]

雨润桃花红欲染
日晞杨柳绿初浮[②]

雨过芳草连天碧
春到寒梅映日红

玉地祥光开泰运
金门旭日耀阳春

玉海金涛千里秀
绿树红楼万户春

玉蕊春浮香信早
柔丝绿染岁华新

玉树暖迎沧海日
珠帘光动锦城春

玉树银花送旧岁
红梅绿柳迎新春

玉燕门前歌盛世
金莺户外唱丰年

月圆花好春有吉
气淑风和院无寒

跃马扬鞭行大道
挥毫泼墨赋好春

---

①担：旧制一担等于100斤（即50千克）。
②晞：在阳光下晒干某物。

云灿星辉皆是瑞
湖光山色最宜春

云呈五色文明盛
运际三阳世泽长

云间瑞气三千丈
堂上春风十二时

云开春光花千树
雨润秋色谷万仓

云山呈秀千般美
大地更新万户春

战士军前传捷报
英雄村里庆丰年

帐前雪酿丰收酒
马上鞭催艳阳春

朝阳伴福蒸蒸上
春水携财滚滚来

兆丰消息听瑞雪
报喜佳音看金鸡

芝兰得气一庭秀
桃李成荫四海春

芝兰向暖迎春笑
松柏逢春映日红

紫燕双飞寻旧宇
金鸡一唱贺新年

祖国已臻长治世
人民咸庆小康时

祖国昌盛千般好
大地更新万户新

祖国山河春正茂
人民天地日方长

爱春争春春光无限
惜时抢时时辰有余

爆竹千声同辞旧岁
梅花数点独报新春

爆竹数声花明柳媚
春风一度雪化冰融

爆竹一声人间改岁
梅花数点天下皆春

北国南疆八方锦绣
东桃西桂四秀芬芳

蓓蕾初绽一年伊始
芳草新萌四季长春

璧合金瓯神州焕彩①
龙腾玉宇世纪更新

鞭炮齐鸣一元复始
笙簧迭奏万象更新

布谷鸣春人勤物阜
瑞狮舞彩国富年丰

残漏闻钟景阳报晓②
催花击鼓上苑回春③

草绿山青阳春有脚
羊肥马壮幸福无边

---

①金瓯：原意为金质的盆、盂等容器，也指酒杯，可用来比喻国家领土。

②景阳：指南朝齐武帝的景阳宫，楼上置有一口钟，每天清晨敲响，宫女们闻钟即起。

③上苑：指皇家园林。

长城内外惊天画卷
大江南北动地诗篇

赤帜拂天日新月异
青松拔地人寿年丰

穿山越岭交通无阻
乘风破浪行驶安全

春风浩荡花香柳翠
岁月峥嵘虎跃龙腾

春风得意马驰千里
煦日扬辉光照万家

春风春雨宜人春色
新事新人治世新风

春风送暖励精治国
红日发光改革强民

春风送暖千山竞秀
红日生晖百鸟争鸣

春雨春风桃红柳绿
新年新景虎啸龙腾

春雨春风冰消雪化
新年新景虎啸龙吟

春雨春风百花齐放
吉年吉日万事布新

春雨春花宜时景色
新人新事治世高风

春回大地百花争艳
日暖神州万物生晖

春燕剪柳春回大地
喜鹊登梅喜到人间

春满人间百花吐艳
福临小院四季长安

春花满眼欣逢盛世
秋果盈门共庆丰年

春水无形大地自秀
东风有意绿野舒青

辞旧岁合力山成玉
庆新春同心土变金

辞旧岁共饮幸福酒
迎新春齐绘吉祥图

村村富裕家家欢乐
月月称心岁岁丰登

东风报喜喜上眉梢
飞雪迎春春满人间

东风吹暖英雄门第
喜报映红光荣人家

东西南北八方永泰
春夏秋冬四季平安

多种经营四路进宝
全面发展八方生财

福星高照长空溢彩
万事亨通大地流金

富国兴家一元复始
改天换地万象更新

光荣人家门庭凝瑞
英雄宅第院落生辉

国富民强城乡普庆
山清水秀春色集祥

国计民生凭施新政
年丰物阜赖有良谋

国泰民安四季发财
风调雨顺五谷丰登

国事和平万家团聚
春光浩荡四境安宁

国事升平山河壮丽
春风浩荡草木芳菲

国迎新年家图大业
人辞旧岁民盼小康

寒去矣天开生人路
春来也地得放花时

河山万里日新月异
神州十亿笑逐颜开

鹤发红颜人人自乐
青山绿水处处皆春

红旗鼓劲五湖泛彩
瑞雪兆丰四海同春

户对青山花果缀树
门含绿水鱼藕满塘

花香鸟语人勤春早
日丽风和民乐年丰

花香鸟语人勤春早
雨顺风调民乐年丰

花果飘香桑麻挺秀
牛羊肥壮稻菽丰盈①

画里江山飞花点翠
枝头梅鹊斗艳争春

①菽（shū）：豆类的总称。

会遇群贤清流趣永[1]
时当乐岁化日春长

吉星高照家迎万福
春光辉耀户纳千祥

家富人和顺如流水
时言乐笑穆若清风[2]

家家勤俭事事节约
户户清洁人人健康

家家户户欢欢喜喜
水水山山秀秀青青

家庭和睦事事如意
老幼健康岁岁平安

江山秀丽地呈美景
华夏腾飞龙有传人

阶前风暖径外花艳
桥边梅启涧旁柳舒

锦绣河山春风拂面
光明世界红日当头

兢兢业业朝朝暮暮
欢欢喜喜岁岁年年

---

①清流趣永：南北朝时晋朝书法家王羲之与友人于上巳日（农历三月初三）会聚在会稽郡的兰亭，面对清澈的流水，一边喝酒一边吟诗。后来诗结集为《兰亭集》，王羲之亲自写下著名的书法作品《兰亭集序》。

②穆若清风：出自《诗经·大雅·烝民》："吉甫作诵，穆如清风。"形容声音像清风一样柔美。

俊杰领航神州崛起
人民作主祖国腾飞

开门迎春春风扑面
抬头见喜喜报满园

腊尽春回风传喜讯
人欢马叫雪兆丰年

乐享升平安居盛世
风拂绿柳雪绽红梅

龙鸾炳文神州焕彩①
鸿鹏展翅华夏腾飞

龙的传人扬眉吐气
春之使者傲雪朝阳

龙飞腾捷报传四海
虎生翼奇迹扬五洲

龙启吉祥云蒸霞蔚
花开富贵人寿年丰

龙腾云海凤翔天宇
春满江山花漫神州

露气春霖月华秋水
晴光淑景芳草远山

绿满林区千山滴翠
春临茶岭万里飘香

绿染千畴挥锄夺宝
春临四海洒汗成金

---

①炳文：焕发文采。

马跃人欢九州欢洽
鱼肥秧壮四海春浓

马壮牛肥土生白玉
人勤春早地产黄金

梅花点点芬芳千朵
炮竹声声欢乐万家

梅柳渡江乾坤增色①
骅骝开道岁月更新

梅艳冰融人间增岁
风和日丽天下皆春

民族正气山川增色
功臣喜报门第生辉

年年过年年年如意
岁岁增岁岁岁平安

启户迎春春风拂面
抬头见喜喜气满堂

勤劳致富山欢水笑
政策归心虎跃龙腾

庆洽新春五族所共
泽周诸夏万邦乃和

人杰地灵气壮四海
物华天宝春盈五湖

人杰地灵百业兴旺
山欢水笑五谷丰登

①梅柳渡江：意思是长江以北的梅花开了，柳树发芽了，说明春天已渡过长江，从南方来到了北方。语出唐代诗人杜审言《和晋陵陆丞早春游望》：“云霞出海曙，梅柳渡江春。”梅柳作为春天的象征，经常并用。

日丽风和百花争艳
地灵人杰万众同欢

瑞气盈庭一门兴旺
甘霖沃野五谷丰登

瑞日暖融山河似锦
东风浩荡大地皆春

瑞雪纷飞满天喜气
凯歌高奏遍地春光

瑞雪飞神州多壮丽
爆竹响山河尽朝晖

瑞雪飘飘丰年喜兆
腊梅点点春节嘉祥

瑞雪纷飞村村兆瑞
春风浩荡处处迎春

山清水秀阳春有脚
人寿年丰幸福无边

山清水秀九州如画
鸟语花香四季长春

山山水水诗画新岁
家家户户歌舞丰年

山舞银蛇梅开北国
原驰骏马春报南疆

神州春晓普天同庆
前程似锦全家欣慰

食足衣丰安居乐业
山清水秀悦目怡神

世事文明春风入户
江山秀丽喜气盈门

事业繁荣门盈紫气
江山秀丽户绕春风

淑景融融风恬雨霁
芳时湛湛野旷川明

水色山光阳春万里
花香鸟语丽景九州

水秀山清人畜兴旺
月圆花好龙凤呈祥

送旧年窗花映白雪
迎新岁喜鹊闹红梅

岁首已瞻东风得意
金匙在握长策催程

岁岁迎春年年如意
家家纳福事事吉祥

岁增岁岁岁风光美
年复年年年气象新

桃花荡起千层胭浪
柳树迎来万里清风

天复三阳群芳吐蕊
民欣九州各族同心

天欢地笑春风满面
政通人和喜气盈门

同胞携手民心共仰
祖国统一众望所归

望天宇万里清似玉
喜人间四季暖如春

沃野千里致富有道
良田万顷劳动生财

物阜年丰春临大地
山欢水笑气贯长虹

喜盈门天乐人亦乐
春及第花开心亦开

笑舞东风松梅竞秀
喜沾春雨桃李争妍

心存民生同百姓乐
胸怀国计先天下忧

心喜旧岁山青水秀
意愿新元雨顺风调

新人新事佳声动地
春雨春花景色宜人

新中国跨上千里马
众英豪描绘现代图

胸中涌出洋洋喜气
手上牵回缕缕春光

旭日祥云千门竞盛
春风化雨万物争荣

雪满千峰山高月小
春来万里雨润花开

燕舞莺歌一元复始
羊欢牛叫四海同春

阳春美景山河绚丽
大块文章岁月增新①

---

①大块文章：大块即大地，这个成语的意思是“大自然美好的景色”，后来也用于称赞写出来的文章内容丰富。

杨柳拂春风风色美
鲜花耀彩霞霞光艳

溢彩流金河山似锦
穿红着绿岁月如花

迎新春共庆山河壮
过佳节齐歌天地新

又逢新春普天同庆
再展宏图举世共钦

雨露无私江南塞北
阳春有脚海角天涯

雨露无私桃红柳绿
河山有主物阜民康

雨润初春群芳吐蕊
民欣发展各族同心

玉宇气清鹰冲霄汉
神州春暖鲤跃龙门

玉宇澄清九州日丽
东风浩荡四海春新

月圆花好鸟飞鱼跃
雨顺风调马壮人欢

乐奏小康人迎新禧
年歌大有春暖故乡

云生吉祥风吹和顺
花开如意竹报平安

云献吉祥星连福寿
花开富贵竹报平安

云蒸霞蔚风和日暖
国盛家康人寿年丰

载歌载舞天下都乐
富国富民大地皆春

政通人和百业俱举
风调雨顺万象更新

指点江山春光满目
激扬文字彩笔生花

中华崛起山河竞秀
民族振兴日月争辉

壮志凌云红心向党
春风送暖喜气盈门

紫气冲天物华天宝
阳春铺地人杰地灵

祖国繁荣江山如画
东风浩荡大地皆春

爆竹声中迎来千般福
梅花香里盼得万户春

爆竹两三声人间增岁
梅花四五点天下皆春

爆竹声声欢歌幸福岁
梅花点点喜庆致富春

爆竹万千声人间换岁
梅花四五点天下皆春

爆竹知人意声声悦耳
梅花晓天时朵朵欢心

爆竹声声急报千番喜
瑞雪纷纷轻引万象新

爆竹更岁新桃换旧符
梅花迎春旧貌展新颜

碧海通金波时光正好
云天放异彩景色更新

创业勤如东山摇钱树
持家俭似南海聚宝盆

春风送春处处春色美
喜鹊报喜家家喜事多

春风化春雨普添春色
新岁树新风辈出新人

春节迎春春联添春色
喜辰贺喜喜鹊报喜音

春到小康人家家家乐
喜至勤劳门户户户欢

翠柳摇风喧千林翠鸟
红梅映日吐万树红霞

层层梯田铺下丰收景
条条渠水引来幸福泉

春风如意江山添锦绣
时雨顺心天地共长春

春风春雨引万般春色
新人新事开一代新风

春雨春风引万般春色
新年新岁开一代新风

春色满神州山青水秀
党恩昭岁月物阜年丰

辞旧岁喜看江山如画
迎新春展望前程似锦

大地复苏神州放异彩
斗柄回寅祖国展新姿

大地播春光山青水绿
神州增秀色万紫千红

大江南北前进脚步紧
长城内外奋斗歌声高

东风得意染山河锦绣
日月知心织云霓绮霞

东风欲晓紫光临大地
万象回春生气满乾坤

发奋图强山河换新貌
治穷致富神州展宏图

方针得人心有山皆绿
政策符民意无地不春

风光无限春色知众意
天地有情政策暖民心

风过雨后万壑千山美
冬去春来五湖四海新

富源常开勤俭通富路
春光永驻改革报春华

革故鼎新三春添锦绣
扬鞭策马四海展宏图

光荣门第喜挂光荣匾
幸福人家常开幸福花

国富民乐山河呈瑞气
政通人和日月耀春晖

国兴旺年年风调雨顺
民有幸岁岁人寿年丰

浩荡神州河山铺锦绣
峥嵘岁月人物竞风流

浩然华夏一幅兴邦画
伟哉神州万首改革诗

和风吹绿野人勤春早
祥云吐细雨物阜年丰

红梅点点和风来塞北
春意融融紫气绕江南

红梅花艳飞雪迎春到
碧水波宽心潮逐浪高

红日无私任万家分暖
阳春有意催百卉争荣

红日喷霞处处添画意
春风化雨点点动诗情

虎跃龙腾创人间奇迹
花香鸟语描大地春光

花好月常圆人民同乐
根深叶又茂天地长春

花团锦簇江山添异彩
虎啸龙吟华夏震神威

化雨似甘霖恩及草木
春光催新政暖透人心

欢度新年家家彩灯艳
喜逢盛世户户春酒香

家有聚宝盆招财进宝
院栽摇钱树致富生财

健笔如椽歌尧天舜日
繁花似锦赖化雨春风

降雪无声乾坤一夜玉
安邦有继祖国万年春

金灿星辉东风传喜讯
湖光山色大地播春晖

骏马飞驰传千家喜讯
牧歌飘荡送万里春风

看旖旎春光重新日月
喜风流人物大展宏图

丽日耀千里飞花竞秀
东风催万民捷报增辉

林海为家怀十分春色
青山做伴树一代新风

路线正确门门招百宝
政策对头户户纳千祥

满天春色有山皆点翠
遍地新装无树不飞花

梅花点点笑饮丰收酒
爆竹声声高歌胜利年

梅开五瓣浓抹三阳景
竹报三多淡妆四季春

沐东风大地百花吐艳
浴朝晖山林万木争荣

年年过年年年不虚度
岁岁辞岁岁岁莫磋砣

年年得福千家千福景
岁岁登高一步一层天

年复年年年花香鸟语
岁又岁岁岁人寿年丰

鸟语花香观神州秀色
龙吟虎啸看华夏腾飞

农林牧副渔业业兴旺
油盐柴米布样样有余

青山披锦绣五湖泛影
绿水漾春华四海同心

鹊闹红梅村村传喜报
童逐绿野处处闻欢声

人间传喜讯一元复始
大地发春华万木争荣

日月光昭数风流人物
春秋笔在歌盛世英雄

日照神州景色如画美
春满人间幸福乐天边

瑞雪伴青松江山如画
和风拂翠柳祖国皆春

瑞雪纷飞大地萌春意
东风浩荡神州跃巨龙

瑞雪人家江山银万里
春风秀树原野绿千层

瑞气满神州青山不老
春风拂大地绿水长流

山欢水笑八方盈正气
物阜民康四海庆阳春

山明水秀处处皆春色
年丰岁余人人尽笑颜

山乡柳阴深处春意闹
农家稻花香里唱丰年

时令值新春风和日丽
人民逢盛世面笑心欢

淑气满神州闻鸡起舞
春风吹大地跃马争先

水田如明镜春风荡荡
山花似笑脸喜气洋洋

桃符更新正气驱邪气
春光伊始今年胜去年

同德同心创千秋大业
克勤克俭写百年新篇

习习春风吹绿千层岭
彤彤旭日映红万户门

喜气满庭阶春来福地
凯歌传玉宇鱼跃龙门

喜神州春色百花娇艳
绘小康蓝图万马奔腾

笑语欢歌喜庆农家乐
名诗佳画大赞神州春

雄鸡一二声天下尽晓
瑞雪三五片人间皆春

旭日出东方光弥宇宙
百花开大地春满人间

雪霁欣江山红装素裹
风和喜大地翠点花飞

艳阳照广厦春华竞发
甘露洒人间瑞气勃生

阳光照河山河山添色
春雨洒大地大地生辉

仰啸长风早负凌云志
宏开大局常怀爱国心

以慧眼看人无物不照
凭良心做事随处皆春

饮水思源感谢共产党
拥军优属热爱子弟兵

莺歌燕舞春风吹华夏
虎跃龙腾瑞雪洒神州

迎春花下畅饮丰收酒
除夕宴上欢唱幸福歌

楹联迎春颂小康美景
爆竹报岁祝大展宏图

早发和风捎来盈门喜
多情瑞雪降下满园春

张灯结彩喜气盈万户
溢绿飘红春光满千村

张灯结彩喜庆丰收岁
笑语欢歌乐迎艳阳春

白雪红梅风景这边独好
蓝天碧野江山如此多娇

爆竹声声传扬建设佳音
春联副副表达人民心声

爆竹声声脆报春兼报喜
华灯盏盏红醉面不醉心

爆竹飞雨花欢庆新胜利
锣鼓滚春潮喜贺丰收年

彩笔如花写就峥嵘岁月
春风似剪裁成锦绣河山

出门喜进门喜处处皆喜
今年富明年富年年都富

春归柳叶绿田园无限美
寒尽桃花红山河分外娇

春风染沃野处处一片绿
喜报铺新途年年满堂红

春风催旧岁华夏千花艳
瑞雪兆丰年神州万象新

春雨情深灌醉千重麦浪
汽笛声高催开万朵心花

春日融融万树繁花竞放
红旗猎猎千骑骏马争先

春联红人心暖笑声朗朗
鞭炮鸣民意顺歌舞翩翩

春满河山楚地梅红更早
天移岁月江城柳绿尤先

春华秋实如诗诗中隐画
水秀山明似画画里藏诗

春起舞风拂大地捎新爱
燕飞翔语戏蓝天告旧情

春满中州处处民殷地富
霞飞北国村村鸟语花香

春燕呢喃迎来百花香艳
雄鹰展翅搏击万里长空

春雨润春光九州歌盛世
喜鹊传喜讯四海庆升平

春霜降大地有情迎盛世
瑞雪舞苍穹着意报丰年

春花岁岁更新青山不老
时序年年除旧淑景长存

辞旧岁大江南北皆春色
迎新春长城内外尽朝晖

辞旧岁爆竹声声人添喜
迎新春红灯闪闪国增辉

辞旧岁家家门外阳光道
迎新春户户窗边幸福花

辞旧岁家家欢欣庆有余
迎新春户户幸福乐无边

辞旧岁迎新春百花争艳
庆胜利贺丰登五谷飘香

辞旧岁喜看金秋硕果巨
迎新年欢庆龙春气象宏

辞旧岁十亿神州传捷报
贺新年三春淑景报清晖

大地回春南疆日新月异
东风播彩北国柳绿桃红

暖暖春风染绿千里沃野
洋洋喜气充盈万户人家

庆新年千家万户贴红对
点春景五岳三山披绿装

日丽风和人勤河山似锦
年丰物阜民康天地同春

日融融浩荡东风新局面
风习习葱茏春色好河山

瑞雪无心抹去五颜六色
春风有意送来万紫千红

瑞日高悬寒北江南皆暖
东风浩荡天涯海角同春

山欢水笑国情般般如意
长慈幼孝家事桩桩顺心

山清水秀映改革千秋画
鸟语花香颂文明万代歌

山舞银蛇北国风光畅美
云飞紫燕南方春色多娇

数树红梅点响千家喜爆
一轮旭日迎来万户春光

松香竹香梅香香风阵阵
天美地美人美美意重重

送旧岁铜锣皮鼓惊五岳
迎新年火树银花照九天

岁岁辞旧岁往岁逊今岁
春春迎新春来春胜去春

岁序更新三朔同临首祚[1]
风光胜旧一门独得先春

唢呐频频吹高奏丰收曲
彩龙翩翩舞欢唱阳春歌

喜洋洋山青水绿春常在
笑盈盈人寿年丰福无边

杏雨正红喜染千家春色
和风着绿巧织万里新图

旭日临门喜见龙光凤彩
春风及第吹来兰气梅香

①首祚：一年的开始。

旭日祥云灿九州花似锦
春风化雨新四海歌如潮

雪映红梅万里河山多娇
鹤伴青松中华日月长新

雪映梅红开放千般神韵
柳生烟绿升腾万种风情

有脚阳春先到故园桃李
多情喜讯早盈我家门庭

紫气东来已应千祥云集
吉星高照还期百业俱兴

白雪生辉春回大地风光好
红梅溢彩福满人间喜事多

爆竹声声举杯畅饮团圆酒
灯火灿灿放眼遥看锦绣图

爆竹声声五光十色花千树
梅花朵朵四海三江酒一盅

笔走龙蛇挥写千张红喜报
人跨骏马奔驰一路好前程

碧野青田一方胜地收眼底
红楼绿树十里新城壮人间

春风送暖千山披彩千山美
红日临空万水扬波万水欢

春雨润喉大地欢唱丰收曲
政策指路农民敲开致富门

春回大地杨柳依依风光美
福至人间老少朗朗笑声甜

春到人间红雨随心翻作浪
花开垅上荒山无处不成田

春回大地山青水秀风光好
日暖神州人寿年丰喜事多

春回大地春光好春荣万物
福降人间福气浓福照千秋

春满人间人间处处映春色
光照神州神州煦煦放光华

春暖风和紫燕穿柏诗里画
秋高气爽黄莺颂柳画中诗

春山春水春意浓春色醉我
新天新地新景象新风宜人

春联对对流金溢彩千门笑
红灯盏盏跃霞飞虹万户欢

翠柏苍松装点神州千岭绿
朝霞夕照染就江山万里红

翠竹青松万里山河皆春色
红霞丽日九州天宇尽朝晖

大业有成瑞雪皑皑辞旧岁
小康在望红梅点点迎新春

大地回春万里东风绽桃李
春风送暖千村好景话桑麻

大地回春锦绣山河添新貌
万象更新风流人物数今朝

大地回春喜见红阳消积雪
普天同庆欣逢盛世贺新年

大地迎春柳伴梅香招蜂蝶
文坛焕彩笔掀墨浪舞龙蛇

大象承乾处处春光寒转暖①
三阳开泰年年淑景去还来②

鼓乐齐鸣四海欢腾迎正朔
华灯怒放神州锦绣喜繁荣

---

①②大象承乾、三阳开泰：指的都是易经中的乾卦，乾卦代表一年伊始。

挂红灯千城万镇恭贺新禧
放爆竹万户千家吉庆有余

好花流芳千秋古道千秋好
香泉喷暖万里新村万里香

红日彤云纵横物与天然美
丰年足岁俯仰人随国步新

虎跃龙腾碧海苍山光玉宇
莺歌燕舞春风旭日灿神州

虎跃龙腾一代英雄造时势
山明水秀万里春色泛桃花

花团锦簇千门万户添喜气
鹰飞鱼跃赤县神州展宏图

画栋连云燕子重来应觉异
笙歌遍地春光长驻不忍归

佳节良宵脉脉情怀思亲友
新春旭日丝丝心意颂故乡

家福国福天下福福福同享
笑声歌声鞭炮声声声齐鸣

金鸡报晓共唱天下春色美
黄龙新跃喜看中华气势雄

旧岁不旧四季山青花吐俏
新年更新八方水碧柳含情

举金杯和天地共饮辞岁酒
吹玉笛与日月同唱迎春歌

丽日蓝天万树繁花争早放
红旗大道千骑骏马着先鞭

柳絮凝烟风景千年留客赏
春潮带雨画图一幅任人描

绿树红楼千村笑语千村富
蓝天碧野一路春风一路歌

绿绕门前鲤戏碧水留余韵
青垂屋后果缀新枝播远香

绿野门前喜看禾苗歌盛世
春水屋后欣观鱼鸟乐升平

锣鼓喧天处处春风报喜讯
彩旗映日家家美酒贺丰年

莽莽神州春色春光春意美
巍巍祖国新风新事新人多

美化环境千山拥翠展春景
治理污染万里呈碧织锦图

梅花朵朵含苞吐蕊迎春到
瑞雪片片漫野弥山兆丰年

梅柳迎春万里东风绽桃李
椿萱含笑一轮红日暖桑榆①

门对千山羊兔群群嬉碧毯
窗含绿水鸭鹅队队戏银波

年年腾跃一江春水重重浪
岁岁攀登百尺竿头节节高

年年迎春年年添福年年乐
岁岁丰收岁岁有余岁岁欢

年年进宝年年添福年年乐
岁岁招财岁岁有余岁岁欢

暖雨迷蒙携镐开山齐植树
春风飘拂扶犁耕野竞分秧

---

①桑榆：夕阳西下的时候，最后的光辉总是落在桑树和榆树的树顶，因此桑榆借指日暮，也用来比喻人的晚年。

盼春迎春处处春春光永驻
念富致富家家富富水长流

敲锣打鼓鸣鞭鸣炮庆佳节
张灯结彩载歌载舞贺丰收

群英跃马喜看当今富强景
盛世同春乐享小康幸福年

人似春风年年如意年年乐
业如翠竹节节生机节节高

人杰地灵文明国度数千载
水绿山秀璀璨人间几十春

人寿年丰江南塞北家家乐
山青水秀天涯海角处处春

日丽风和山美水美风光美
年丰物阜人新事新时代新

日丽风和升平有象家家乐
莺飞燕舞覆载无私处处春

入户闻家声礼乐诗书孝弟
卷帘看春色椿萱棠棣芝兰①

瑞雪飘飘点缀寒梅枝上玉
和风习习吹开垂柳叶中金

瑞雪含春装点山河多锦绣
雄鸡唱晓唤醒大地更妖娆

山明水秀旖旎春光来天地
励精图治建设规划震古今

山有皆春满坡牛羊满坡笑
无土不乐遍地金银遍地歌

①棠棣：典出《诗经·小雅·常棣》，指代兄弟。芝兰：比喻优秀的子孙。

水笑山欢人勤春早年年好
花香鸟语国泰民安日日新

岁月更新对对春联歌盛世
时年胜旧杯杯美酒醉昌期

岁月峥嵘六合春风千山绿
江山锦绣九州化雨万物苏

泰运宏开五谷丰登歌大有
春光明媚百花齐放庆升平

桃红柳绿大好河山都似锦
春华秋实无边土地尽成金

桃红柳绿共道人间春色美
虎跃龙腾喜看华夏宏图新

天下皆春长衢喜见胜利舞[1]
人间改岁曲巷欣传凯旋歌

---

①长衢（qú）：指大路。

物阜人丰四海升平歌大有
民强国富万家幸福庆小康

喜村寨五谷丰登粮山棉海
看城乡一派兴旺车水马龙

喜贴春联副副春联抒壮志
欢燃爆竹声声爆竹振豪情

新岁雪晴祖国红梅争盛放
故园春满台湾紫燕好归来

新天新地新人新事新气象
春风春雨春花春月春满园

醒狮一吼地动山摇震寰宇
雄鸡三唱人欢马叫展宏图

燕语莺歌喜话去岁欢心事
龙腾虎跃笑庆今年如意春

阳雀声中春风染绿江堤柳
科技田里勤劳浇开稻菽花

莺歌燕舞无边春色催干劲
柳绿桃红大好河山绿新姿

有山皆绿千山茂盛千山笑
无地不春万户兴隆万户歌

鱼跃鸢飞滚滚春潮催奋进
月圆花好溶溶喜气遍城乡

玉兔东升千江绿水千江暖
金鸡唱晓万户朝阳万户新

玉宇澄清好雨知时萌万物
长川浩荡春风带暖发千花

云水翻腾千帆竞发争前浪
中华崛起万马奔腾着先鞭

正气凌云万户弦歌腾瑞霭
群英跨骏八方捷报灿新光

竹翠梅香共喜春光融画卷
旗红日灿同挥热汗写诗篇

祝捷放歌一报平安再报喜
铭功寄语千行青史万行书

爆竹乐九霄岁岁平安添百福
春风吹大地家家喜庆纳千祥

爆竹声声脆家家户户辞旧岁
捷报片片飞行行业业庆丰收

不是孝慈友恭更有何事可乐
只此谦和雍睦自然到处皆春

彩笔绘宏图人人英姿添异彩
春风吹大地家家欢乐庆新春

春雷鸣大地五湖四海春意闹
红霞映神州万水千山红旗飘

春色宜人人人讴歌太平盛世
彩图盈幅幅幅描绘锦绣河山

春风梳绿柳黄莺啭日祝康泰
瑞雪映红梅喜鹊登枝报平安

春光照四海四海浩瀚春常在
佳节临九州九州方圆乐无穷

龙飞凤舞万里蓝天春晖无限
人欢马叫九州大地气象万千

梅花点春天迎接新岁换旧岁
瑞雪覆大地预兆来时胜往时

普天开景运九霄云霞成锦绣
大地转新机万里山水入画图

翘首望京华多谢春风常送暖
深情连海宇且凭红豆寄相思

人人诚诚实实个个和和气气
事事兢兢业业处处稳稳当当

瑞雪降庭前玉洁冰清春一色
东风拂大地莺歌燕舞柳千条

水木荣春晖柳外东风花外雨
江山留胜迹秦时明月汉时关

送春煖百花齐放文坛涌俊秀①
布阳和推陈出新艺苑竞芬芳

天地本无私人勤争得春来早
江山原不老国运宏开日变新

①煖（xuān）：温暖，同“煊”。

祥光照四海四海皆春春不老
福气临九州九州同乐乐无穷

秀气漫神州秀水秀山增秀色
春光辉大地春风春雨试春妆

旭日映红梅丹凤朝阳祝康泰
春风拂绿柳喜鹊登枝报平安

家家喜贴春联副副春联抒壮志
个个争放花炮声声花炮振豪情

柳绿桃红看大好河山皆成锦绣
春华秋实望无边田野尽是黄金

燕声莺声流水声谱就天然妙曲
桃色柳色青山色绘成大好春光

燕语莺啼争传天南地北舒心事
山欢水笑盛赞古往今来如意年

紫燕殷勤衔来万户新年春消息
东风浩荡催动九州改革热潮头

大造本无私任柳绿桃红平分春色
彼苍非有意听莺啼燕语齐奏新声

凤舞龙飞喜看大好河山生机无限
云蒸霞蔚遥望骨肉同胞团聚有期

年年喜鹊闹红梅红梅吐芳映红日
岁岁捷报帖春联春联写意迎春风

年胜一年年胜年年年有剩年年盛
月新于月月新月月月纳薪月月欣

青云直上勉中华儿女揽高天明月
紫气东来建两个文明绘远景宏图

入红杏之圃步绿柳之堤无非诗料
横素月之琴舞青萍之剑尽是春怀

喜迎春光山山水水处处明明秀秀
欢度佳节年年岁岁时时平平安安

燕语莺啼花又香景物一年新节好
风和日丽人方泰诗怀万种早春浓

载歌载舞庆佳节赞颂今日春光好
同心同德搞建设喜看来年幸福长

彩龙腾空雄狮拜地爆竹声声送旧岁
紫燕展翅绿柳吐丝红花朵朵迎新春

长江奔腾源远流长中华民族中华魂
黄河哺育山美水甜东方古国东方红

春光明媚姹紫嫣红环水枝头春意闹
国运昌荣河清海晏九州寰内国威高

春风春雨春意盎然江山万里披锦绣
人和人乐人面桃花伟业千秋传颂歌

江南铺绣绿水弹琴有景有情皆入画
塞北织锦青山叠翠无时无地不放歌

薇紫樱红梅白桃粉百花斗艳香入户
莺歌燕舞凤翔雀跃群鸟争鸣春满园

指点山河翻新山河令山河流金溢彩
热爱祖国建设祖国让祖国繁荣富强

把酒临春喜大地澄清九州曙色呈新貌
题联贺岁看中华崛起万户欢声乐小康

大地回春万里河山添锦绣共庆国强家富
普天旭日一堂芝兰兆升平同歌人寿年丰

崇山西越沧海东临明月雄关犹想当年鼙鼓[1]
晓色晴开春光漫度柳枝清笛还听今日笙歌

①鼙鼓：古代军队所使用的大鼓和小鼓，指代战争。

乘万里风破万里浪万众同德万重艰险万重乐
有一分热发一分光一定珍惜一寸光阴一寸金

喜报闹新春从头数二十四番花信锦绣铺大地
东风掀日历放眼看一千万里江山阳光照红旗

阳和乍转物阜财丰喜百业俱兴小康处处家家乐
淑气频催日新月异庆四时皆顺大有年年步步高

协力同心奔小康赛富比勤争做贡献装点九州锦绣
和衷共济创大业迎春接福竞创文明堪称一代风流

春联横批

安居乐业	安定团结	百花迎春
百花争妍	百花争春	百花吐艳
百花齐放	百业兴旺	百年大计
宝山霞蔚	保卫祖国	柏翠梅香
步步登高	财源茂盛	财源似水
财源猛进	长治久安	长乐人家

赤胆忠心	除旧迎新	春风和煦
春风浩荡	春风化雨	春风得意
春风徐来	春风送暖	春光无限
春光永驻	春光明媚	春光万里
春华秋实	春回大地	春节愉快
春江水暖	春满人间	春满神州
春色满园	春色宜人	春意盎然
辞旧迎新	大地春早	大好春光
大业千秋	大展宏图	丹凤朝阳
发达兴旺	繁荣昌盛	繁荣富强
繁荣经济	风光绚丽	风华正茂
风和日丽	风调雨顺	风正气清
凤翥龙骧	福乐长春	福积泰来
高瞻远瞩	歌舞升平	革旧鼎新
恭喜发财	恭贺新禧	共建大业
光明磊落	光前裕后	国泰民安
国富民强	和睦家庭	和气生财
河清海晏	合家欢乐	红日高照
红心向党	红心向阳	红梅报春
后继有人	华灯高照	华夏腾飞

欢天喜地	欢度新春	欢度春节
欢度新年	欢度佳节	吉星高照
继往开来	艰苦奋斗	艰苦朴素
江山如画	江山似锦	江山多娇
锦上添花	敬老爱幼	九州同春
举国欢庆	举家欢乐	凯歌高奏
励精图治	六畜兴旺	龙飞凤舞
龙腾虎跃	满院春光	门庭生辉
门盈五福	能文能武	年年如意
年年有余	鸟语花香	鹏程万里
普天同庆	气贯长虹	气壮山河
前程似锦	前途光明	勤学苦练
勤俭持家	清正廉明	全面小康
群策群力	群贤毕至	人杰地灵
人心欢畅	人心思富	人寿年丰
人勤春早	人勤春好	任重道远
日新月异	日暖神州	日月增辉
瑞雪报春	瑞气盈门	山川锦绣
山欢水笑	山河壮丽	神州永春
生意兴隆	实事求是	淑气临门

四海同春	四时皆春	四季长春
松柏长春	岁岁平安	桃李争春
桃李争艳	桃红绿柳	推陈出新
万木争荣	万木争春	万民同乐
万象更新	万紫千红	为国争光
文明经商	五谷丰登	物华天宝
物阜民康	喜气盈门	喜气洋洋
喜庆新春	喜庆有余	喜鹊登枝
喜临门第	香飘四海	向阳门第
孝敬父母	笑逐颜开	欣欣向荣
新春万福	新春快乐	新春吉祥
新春大吉	新人新事	新春志禧
兴旺发达	形势喜人	幸福生活
幸福家庭	扬鞭跃马	业精于勤
一元复始	一心为公	一片光明
移风易俗	以农为乐	鹰飞鱼跃
拥军优属	拥军爱民	拥政爱民
勇攀高峰	再创辉煌	战鼓催春
振兴中华	振奋精神	政通人和
知足常乐	只争朝夕	志在四方

中华长春	忠心报国	众志成城
壮志凌云	紫气东来	祖国万岁

婚联

通用婚联

爱长长得长长爱
情深深知深深情

爱貌爱才尤爱志
知人知面更知心

爱情纯洁花永好
情意真挚月常圆

爱情红花开四季
姻缘美果甜百年

爱情花常开不谢
幸福泉源远流长

爱情坚贞花正好
志趣相投月常圆

谙人谙事能经世
亦淑亦贤最宜家

白头偕老传佳话
红烛齐辉照丽人

百年恩爱双心结　　百年佳偶今朝合
千里姻缘一线牵　　两姓良缘此日成

百岁夫妻常合好　　百岁同心百事乐
千秋伴侣永和谐　　两情融洽两心知

百子帐开留半臂[①]　　宝镜台前人似玉
五丝缕细结同心　　金闺枕侧语如花

杯交玉液飞鹦鹉　　碧岸雨收莺语柳
乐奏瑶笙引凤凰　　蓝田日暖玉生烟

碧海云生龙对舞　　碧纱待月春调瑟
丹山日出凤双飞　　红袖添香夜读书

---

①百子帐：唐代开始，婚礼都要使用百子帐，取其多子的吉祥含义。半臂：古时候一种短袖或无袖的上衣。据《东轩笔录》记载，宋代宰相宋祁妻妾众多，有一天他在外宴饮，感觉有些冷，命家仆回去取半臂，结果家中的妻妾各送了一件，共有几十件之多，宋祁为避厚此薄彼之嫌，谁送来的也不穿，忍着寒冷回家了。

碧沼红莲开并蒂
芸窗学友结同心

并蒂莲开莲蒂并
双飞燕侣燕飞双

并肩同走幸福路
携手共绘锦绣春

长天欢翔比翼鸟
大地喜结连理枝

赤诚招来飞鸿落
深情感得玉石开

吹吹打打盈门喜
热热闹闹满屋春

此日同栽合欢树
来年共赏并蒂花

并蒂开放向阳蕾
同心绽出幸福花

并肩前进青春久
携手相帮恩爱长

沧海月明珠献彩
蓝天日暖玉生香

待月西厢成佳偶[①]
祖腹东床庆齐眉[②]

得意唱随山水外
钟情招入图画中

灯旁互吐知心语
足下同登创业峰

蝶恋花蜜花恋蝶
鱼爱水波水爱鱼

洞房两朵幸福花
灯下一对甜蜜人

洞中三醉桃花酒
房内重温红叶诗

对对莲开映碧水
双双蝶舞乘东风

风送鸾箫声入市
云连凤辇喜临门

凤凰枝上花似锦
松菊堂前人比肩

凤管谐声欣得偶
雀屏中目不须媒

---

①待月西厢：指情人约会。语出唐代元稹《月明三五夜》："待月西厢下，迎风户半开。"

②祖腹东床：典出《世说新语》。东晋时太尉郗鉴想把女儿嫁到丞相王导家，便命门生去送提亲的信。门生回来报告说，王家子弟都很不错，一听说郗太尉要择婿，个个都表现得很矜持，只有一个人躺在东厢房的床上，还露着肚皮，一副满不在乎的样子。郗鉴听了，高兴地说："就是他了。"一问方知，此人即王羲之，遂将女儿嫁给了他。

凤管久谐萧史配[①]
梅花已点寿阳妆

凤落梧桐梧落凤
珠联璧合璧联珠

夫妻恩爱青春美
家庭文明日月长

夫妻矢志竹成铁
婆媳同心土变金

芙蓉镜映花含笑
玳瑁筵开酒合欢

芙蓉花底鸳鸯并
梧桐枝头凤凰栖

芙蓉出水花正好
孔雀开屏月初圆

伏案吟诗情似蜜
凭窗笑语月生华

海阔天空双飞翼
月圆花好两知心

海楼翡翠闲相语
镜水鸳鸯暖共游[②]

---

①萧史：典出《列仙传》。萧史为秦穆公时人，善吹箫曲，能招来孔雀、白鹤随箫声起舞。秦穆公之女弄玉也喜爱箫曲，遂嫁萧史，夫唱妇随。后来，夫妻二人吹箫引来凤凰，乘凤成仙而去。

②此联化自唐代元稹《初除浙东，妻有阻色，因以四韵晓之》“海楼翡翠闲相逐，镜水鸳鸯暖共游”。翡翠是一种鸟的名字，属于翠鸟科，雄鸟红羽，为翡，雌鸟青羽，为翠。

海誓山盟期百岁　　汗水共浇理想树
情投意合乐千觞　　勤奋共尝爱情果

皓月描来双燕影　　合欢花花花欢合
寒霜映出并头梅　　飞双燕燕燕双飞

和睦家庭风光好　　红花并蒂相映美
恩爱夫妻幸福长　　娇燕双飞试比高

红花映柳春日丽　　红莲并放相争艳
丽日春柳映花红　　紫燕双飞互比高

红梅吐艳迎新丽　　红杏枝头春意满
美酒飘香宴故交　　彩云声里玉箫清

红叶题诗传厚意　　红叶题诗欣赠嫁
赤绳系足结良缘　　青梅煮酒庆于归①

---

①于归：即出嫁之意。语出《诗经·周南·桃夭》："之子于归，宜其室家。"

红妆带绾同心结
碧池莲开连理枝

互谅互帮春永驻
同心同德乐无穷

花从静处香能久
爱到纯时品自高

花好月圆羡比翼
天长地久卜齐眉

花好月圆昭美景
天长地久祝新人

花好月圆欣喜日
桃红柳绿幸福时

花开并蒂鸳鸯暖
连理同心杨柳新

花月新妆宜学柳
芸窗挚友早培兰[1]

画屏射雀成双璧
桂树鸣鸾庆百年

欢庆此日成佳偶
且喜今朝结良缘

①芸窗：又作“芸牕”，书斋之意。芸是一种香草，古时放在书页中，可防蠹虫蛀蚀。

婚礼只须歌燕尔
计生不复咏螽斯[1]

婚姻自主恩爱重
家庭和睦幸福多

吉人吉时传吉语
新人新岁结新婚

几度新诗题红叶
十分恩爱到白头

佳男佳女成佳偶
大节大年贺大禧

佳偶同心偕白首
好花并蒂笑春风

佳期勿忘青云志
蜜月应存立业心

家庭和睦歌声溢
琴瑟相谐乐事多

嫁女喜逢吉祥日
送亲正遇嘉庆时

结彩张灯良夜美
鸣鸾和凤伴春来

结良缘承前启后
创伟业继往开来

金鸡昂首祝婚礼
喜鹊展翅报佳音

---

①螽(zhōng)斯：本为一种昆虫，体长1寸多，绿色或褐色。《诗经·周南·螽斯》中说："螽斯羽，诜诜兮。宜尔子孙振振兮。"意思是说，螽斯是一种象征子孙后代蕃盛的虫。

金屋春浓花馥郁
琼楼夜永月团圆

金屋笙歌偕彩凤①
洞房花烛喜乘龙

今日画眉春在手
他年攀桂月当头②

今日结成并蒂莲
明朝共栽幸福花

今日结成幸福侣
毕生描绘锦绣图

今夕交杯传蜜意
来朝跃马赛风流

锦瑟声中鸾对舞
玉梅花际凤双飞

径满红花红满径
门盈喜气喜盈门

---

①金屋：典出汉代班固《汉武帝故事》。汉武帝刘彻小时候被封为胶东王，有一天他的姑妈馆陶公主刘嫖抱了他在膝上，逗他说："你想不想要个媳妇?"刘彻说："想要。"馆陶公主指了身边许多宫女问他要不要，他都说不要，最后指到公主的女儿陈阿娇，刘彻笑着说："如果我能娶到阿娇，便造一所黄金的屋子，把她藏起来。"馆陶公主听了很高兴，于是向汉景帝和武帝生母王夫人求婚。后来陈阿娇做了汉武帝的第一任皇后。

②攀桂：典出《晋书·郤诜列传》。郤诜是西晋武帝时的尚书左丞。有一次武帝问他："你自以为如何?"他回答说："臣是桂树林中的一枝桂花，昆仑山上的一片美玉。"因其曾在朝廷举行的考试中得过第一名，后来以"折桂"或"攀桂"比喻科举高中。

举案齐眉示互敬
既婚仍友自相亲

兰引香风归乡闱①
燕寻佳梦到金闺②

蓝天高鸳鸯比翼
红心结龙凤呈祥

连理枝结同心果
比翼鸟奔小康程

莲子杯中金谷酒
桃花盏上玉台诗

联翩丹凤舒新翼
并蒂红花攀高枝

良缘永结心花放
喜气方舒岁月欢

良缘喜结鸳鸯谱
春色永驻劳动家

两个恋人结伴行
一对情侣比翼飞

两朵红花争艳丽
一对鸳鸯比翼飞

两情鱼水春作伴
百年恩爱花常开

两姓联姻成大礼
百年偕老乐长春

---

①乡闱：古代乡试应试的地方，也指代乡试。

②金闺：有两个意思。一是汉代宫门金马门，也指代朝廷；二是女子的闺房。这里两种意思都有。

凌空如同比翼鸟
在地恰似连理枝

柳绿花明春正半
珠联璧合影成双

柳色映眉妆镜晓
桃花照面洞房春

柳荫双栖莫忘晓
荷塘并蒂当知时

鸾凤和鸣昌百世
鸳鸯好合庆三春

鸾凤双栖桃花岸
莺燕对舞艳阳天

鸾妆并倚人如玉
燕婉同歌韵似琴①

满座嘉宾漾喜气
一声花炮迎新人

梅实纷纷观迨吉②
桃花灼灼喜于归

门对青山含远翠
窗含嫩柳画新眉

①燕婉：夫妻恩爱和睦之意。

②迨吉：意为婚姻正当其时。语出《诗经·召南·摽有梅》“求我庶士，迨其吉兮”。

门书喜字乾坤大
户进新人岁月长

名流喜得名门婿
才女欣逢才子家

牡丹花里人如玉
喜字门前笑绽花

女爱郎才郎爱女
花添锦绣锦添花

配佳偶知寒知暖
结良缘同德同心

品正人灵自引凤
曲新境美好来凰

名驹逸足腾千里
彩凤徽音叶二南[1]

牡丹花下人如玉
幸福堂前月似盘

男好女好百年好
天和地和万载和

女慧男才原有对
你恩我爱总相联

---

①徽音：语出《诗经 · 周南 · 思齐》："大姒嗣徽音，则百斯男。"大姒是周文王的正妃，传说她生了100个儿子。徽音是"美德、美誉"的意思。叶：意为和洽、协调、押韵。二南：指诗经中的《周南》《召南》，两部诗集分别收录了周公、召公所有领地的诗歌。

千里姻缘一夕会
半生结缡百年亲[1]

且看淑女成佳妇
从此奇男是丈夫

亲密胜似鸳鸯鸟
同心赛过比目鱼

琴瑟永谐千岁乐
芝兰同茂百年春

秦晋缘中星伴月[2]
鸳鸯阁里璧联珠

轻描黛眉欣此日
同骑竹马忆当年

庆良缘山欢水笑
成佳偶女淑郎才

琼楼月皎人如玉
绣阁花香酒似诗

鹊桥初架双星渡
熊梦新徵百子祥[3]

绕庭争看临风树
照室更欣入掌珠

---

①结缡：亦作“结褵”，是古代婚俗之一。女子出嫁前，由母亲为其系上配巾，表示女儿从此嫁为人妇，要操持家务，侍奉公婆。

②秦晋：春秋时期，秦国和晋国是世代姻亲之国，因此后世以“秦晋之好”代指婚姻。

③熊梦：为生男子之兆。典出《诗经·小雅·鸿雁之什·斯干》：“大人占之，维熊维罴，男子之祥。”意思是说，梦见熊罴，请周王宫中占梦的官员占卜，认为是生男丁的征兆。

日照蓬门添喜色
花开院落吐芳馨

日丽风和莲并蒂
龙飞凤舞树交柯

日暖金兰来群燕
春和玉柳发新枝

如意香生红玉宇
明珠光入紫微垣

三杯薄酒迎乡女
一席淡菜宴佳宾

三星在户临花烛
百车盈门灿锦幄

笙韵谱成同梦语
烛花笑对含羞人

笙歌彻夜香车迓①
萧鼓元宵宝镜圆

诗礼庭前歌窈窕
鸳鸯笔下展经纶

十里好花迎淑女
一庭芳草贺新郎

双飞不羡关雎鸟②
并蒂还生连理枝

双飞黄鹂鸣翠柳
并蒂红莲映碧波

---

①迓(yà)：迎接。

②关雎：典出《诗经·周南·关雎》："关关雎鸠，在河之洲。窈窕淑女，君子好逑。"意为夫妻。

双肩共挑家庭担
两手同浇幸福花

四境谐良风俗美
百年庆佳偶天成

堂上画屏开孔雀
闺中绣幕隐芙蓉

天上笑看星伴月
人间喜见凤求凰

同心谱成幸福曲
并蒂开放向阳花

午夜鸡鸣欣起舞
百年举案喜齐眉

喜结鸳盟同咏月
壮怀鹏志共凌云

水底月为天上月
心中人是面前人

堂前奏笛迎宾客
户外吹箫引凤凰

天结良缘绵百世
夙成佳偶肇三多

同跨骏马驰千里
共植梅花乐百年

文鸾对舞珍珠树
海燕双栖玳瑁梁

喜逢佳节庆佳偶
好趁华年谱华章

喜今日银河初渡
愿他年玉树生枝

喜今日心心相印
望来年宝宝逗人

喜看伴侣谐欢日
恰是风华正茂时

喜庆于今成爱侣
谨记从此孝双亲

向晓红莲开并蒂
朝阳彩凤喜双飞

晓天雨过琴书润
暖室风来翰墨香

笑拥梅花迎翠步
题留红叶动仙娥

携手栽培长青树
齐心浇灌爱情花

偕老佳偶同心结
并蒂花开向阳红

欣逢佳节迎淑女
聊备村醪谢亲朋

新结同心香未落
长守山盟情永鲜

绣阁风和箫引凤
蓝田日暖玉生烟

燕舞莺歌春正丽
鸾鸣凤翥日方长

瑶池晓日翔青鸟
月殿红云拥紫鸾

瑶琴喜奏凰求凤
玉笛横吹蝶恋花

瑶琴一曲双声奏
月殿三秋五桂香

一副喜联迎淑女
三杯美酒贺新郎

一门喜庆三春暖
两姓欣成百世缘

一曲求凰终引凤
九霄攀桂始乘龙

一线姻缘真善美
百年恩爱福康宁

一朝喜结千年侣
百岁不移半寸心

意似鸳鸯飞比翼
情同鸾凤宿同林

银镜台前人似玉
茜纱窗下语如诗

银汉双星欢七巧
春宵一刻值千金

莺声日暖鸣金谷
麟趾春深步玉堂①

迎东风双燕飞舞
向旭日并蒂花开

迎来阳光花心美
伴着理想爱情甜

---

①麟趾：语出《诗经·周南·麟之趾》“麟之趾，振振公子，于嗟麟兮”，麟趾就是麒麟之足，比喻仁智双全的贤者。

咏雪庭中来淑女
生花笔底是才郎

有缘过门聚白首
同步偕婿结青鸾

友谊培植常春树
恩爱催开幸福花

玉台词赋传鹦鹉
金阁花枝引凤凰

玉镜人间传合璧
银河天上渡双星

玉楼光辉花并蒂
金屋春暖日初圆

玉树风前夸并倚
绣帏月里看双飞

玉宇欣看金鹤舞
画堂喜听彩鸾鸣

缘结百年双璧白
姻牵一线寸丝红

鸳鸯相戏水色美
琴瑟偕弹福音多

月下彩娥来跨凤
云间仙客喜乘龙①

月应瑞萱增一叶
丝添长缕结同心

①乘龙：典出《楚国先贤传》。东汉大臣桓焉有两个女儿，一个嫁给孙儁，一个嫁给李膺，二人都是颇有权势的官员，因此人们议论说：“桓叔元两女俱乘龙。”

月圆花好欢今夕
道合志同贺盛年

月映花明花映月
鸾随凤舞凤随鸾

云路高翔比翼鸟
龙池深种并蒂莲

载雪梅花飘绣阁
临风兰韵人香帏

珍珠入掌门楣喜
兰蕙吐芳庭院新

正是莺歌燕舞日
恰逢花好月圆时

枝生玉殿美连理
花满瑶池艳并头

志趣相投花亦笑
感情融洽月常圆

志同道合青春美
地久天长幸福多

赘婿如儿成两美
天伦叙乐庆百年

紫箫吹彻蓝桥月①
翠鸟翔还彩屋春

紫箫吹月依丹凤
绣幕临风舞彩鸾

---

①蓝桥：指蓝桥驿，典出唐代裴航蓝桥遇仙的故事。

自来自去梁上燕
相亲相爱水中鸥

座上飘香飘上座
堂中贺喜贺中堂

爱情纯真月圆花好
目标远大地久天长

白首齐眉鸳鸯比翼
青阳启瑞桃李同心

百辆盈门喜迎凤辇
三星在户雅奏鸾声①

必齐之姜必宋之子②
愿花长好愿月长圆

并蒂迎春桃娇柳翠
双飞比翼花好月圆

彩集凤毛庆衍麟趾
瑞凝芝草祥发桐枝

风暖丹椒青鸟对舞③
日融翠柏宝镜初开

风暖丹椒青鸾起舞
日融翠柏彩凤来翔

---

①三星在户：语出《诗经·唐风·绸缪》：“绸缪束楚，三星在户。今夕何夕，见此粲者。”此诗描写了新婚时的欢悦心情。

②典出《诗经·陈风·衡门》：“岂其取妻，必齐之姜?”“岂其取妻，必宋之子?”齐国的姜姓、宋国的子姓，都是国之贵族。

③丹椒：指花椒。因其果实为赤红色，故名。花椒自古可作为男女信物相互馈赠，有多子之意。《诗经·陈风·东门之枌》诗中说：“视尔如荍，贻我握椒。”

凤凰鸣矣梧桐生矣
钟鼓乐之琴瑟友之

凤吉谐占熊祥入梦
芝泥发彩兰蕊浮香

凤舞鸾翔熊咏虎啸
竹苞松茂桂馥兰芬

海枯石烂同心永结
地阔天高比翼齐飞

红花并蒂向阳开放
银燕比翼凌空飞翔

红梅吐芳喜成连理
绿柳含笑永结同心

红叶题诗情真意切
黄花酿酒醇厚香浓

红锦裁云紫箫吹月
白圭无玷东箭有筠①

鸿案相庄百年偕老
凤占叶吉五世其昌②

互敬互爱互勉德业
倾慕倾心倾诉衷肠

①白圭无玷：意为白玉上没有瑕疵，比喻品格纯洁无邪。语出唐代女诗人程长文的《狱中书情上使君》“但看洗雪出圜扉，始信白圭无玷缺”。东箭：“东南竹箭”的简称，典出《尔雅·释地》“东南之美者，有会稽之竹箭焉”。多用来比喻杰出人才。筠：竹子表面的青色薄皮。

②叶吉：协和、吉祥。

互敬互爱互相学习
同德同心同建家庭

花好月圆姻缘美满
天长地久幸福延绵

花好月圆春风得意
妻贤夫德幸福无边

花烛光中山盟海誓
洞房深处道合志同

焕乎天章璠玙其彩①
霭然和乐鸾凤之音

吉日良辰兰芷发色
华堂曲宴孔雀群翔

佳女善男男婚女嫁
欢天喜地地久天长

江上渔歌白鸥对舞
舟中春暖紫燕双飞

锦帐春浓祥占熊梦
华堂日永庆衍螽斯

景丽三春天台桃熟②
祥开百世金谷花娇

---

①天章：指天空的日、月、星辰等。璠玙：美玉，比喻高贵的品德、高超的才华。

②天台桃：典出《幽明录》。汉明帝永平五年（公元62年），剡县平民刘晨、阮肇入天台山采药，迷路忘返，即将饿死的时候，看到一棵结满果实的大桃树，摘了几个桃子吃，立刻饱腹力壮，又走了一段路，遇见两个女子，对他们笑语欢颜，好像旧相识一般。两人便和女子成婚，一起过了半年，思乡求去。女子奏乐歌舞，指明方向将其送归。刘、阮二人回到家中，发现离自己入山之时，已经过去600多年了。

开镜香生门迎皓月
启窗花暖座有清风

乐事便蕃鸾歌凤舞①
韶华绮丽燕笑莺啼

两门多喜两家多福
一对新人一代新风

两情两愿姻缘美满
相亲相爱幸福安康

鸾凤和鸣春光满目
燕客比翼壮志凌云

麦漾成波一茎两穗
葵倾向日二人同心

美禽双栖嘉鱼比目
仙葩并蒂瑞木交枝

牡丹丛中蝴蝶双舞
荷花塘内鸳鸯对歌

女爱男欢鸳鸯戏水
情投意合鸾凤朝阳

暖日融融红梅朵朵
花香阵阵彩蝶双双

①便蕃：又作便繁，为频繁、屡次之意。

琴瑟友之克昌厥后①　　情深意浓夫妻恩爱
凤凰鸣矣长发其祥②　　志同道合琴瑟和谐

曲拟鸾箫祥征凤卜　　鹊桥喜渡相亲相爱
光生玉杵饮合琼浆③　　红叶题诗同德同心

人间乐事今宵最乐　　日丽风和门庭有喜
盛世新婚此日尤新　　月圆花好家室咸宜

日丽华堂莺歌燕语　　日月知心红花并蒂
春融绣幕凤舞鸾翔　　春风得意金屋生辉

---

①克昌厥后：使子孙后代昌盛繁荣，语出《诗经·周颂·雝》“燕及皇天，克昌厥后”。

②长发其祥：长久地兴发吉祥，语出《诗经·商颂·长发》“浚哲惟商，长发其祥”。

③典出唐代裴鉶所著传奇《裴航》。秀才裴航在蓝桥驿因口渴索饮结识绝色女子云英，十分倾慕，向云英的祖母求婚。云英祖母要求他用玉杵臼捣出一颗仙丹献来。他买到了玉杵臼，日夜捣药，感动了月中玉兔也来帮忙，最后云英的祖母终于答应将孙女嫁给他。两人成婚之后，双双成仙。

山水怡情福门望重　　室霭祥光花团锦簇
凤凰娱目鸿案辉生　　天生佳偶璧合珠联

松筠贯四时而益翠①　　天朗气清三星在户
鸾凤养六嗣以凌云　　琴耽瑟好百辆盈门②

天拥妆台天作之合　　庭院春长和鸣鸾凤
花临宝扇文定厥祥　　楣云霭瑞祉衍螽斯③

同心同德幸福伴侣　　万紫千红十分春色
互敬互爱美满姻缘　　双声叠韵一曲新歌

喜气盈门门迎春燕　　相爱相亲如鱼得水
金光绕屋屋贮新人　　同心同德似蝶迷花

---

①典出《礼记·礼器》："其在人也，如竹箭之有筠也，如松柏之有心也。二者居天下之大端矣，故贯四时而不改柯易叶。"后世以"松筠"比喻节操坚贞。

②百辆："百辆之迎"的简称，指男方发到女方家的隆重的迎亲队伍。

③楣云：门框上端的横木称为门楣。楣云指门楣上雕刻的云状纹饰。

箫彻玉楼声和凤侣
花盈金户香满蟾宫

新妇羹汤樱厨初试
美人香草兰佩乍贻

新郎新娘心心相印
似龙似凤事事呈祥

雪映南窗梅标上范
箫吹画阁玉种蓝田

艳福增添喜成佳偶
新词赞美欢洽来宾

一代良缘九天丽日
八方贵客七色彩虹

一刻几何良宵难得
百年好合佳偶喜成

意重情深心心互印
恩知爱解息息相关

玉树和风屏开翡翠
贵堂风静帘卷瑚珊

芝秀兰馨荣滋雨露
鸿仪凤彩高焕云霄

珠联璧合洞房春暖
月圆花好鱼水情深

足系赤绳姻联两姓
诗题红叶恩爱百年

白璧种蓝田百年合好
红线牵绣帏今世良缘

白雪无尘如纯贞情爱
红梅有香似美好心灵

百花齐放爱情花最美
万木色春连理木常青

不愿似鸳鸯嬉戏浅水
有志像海燕搏击长风

好男佳女钟情成眷属
吉日良辰恋爱续新篇

花好月圆关雎歌古调
风和日丽红豆发新枝

吉日良辰成百年好事
诗情词调味一曲鸾歌

交颈鸳鸯并蒂花下立
协翅紫燕连理枝头飞

结两姓姻缘山盟海誓
祝百年伉俪地久天长

蓝天高正好鸳鸯比翼
华灯亮欣看龙凤呈祥

绿叶衬红花花繁叶茂
情歌谱新曲曲美歌甜

男女双佳好似双蝴蝶
婚姻两愿喜结两鸳鸯

情深意长胜春江鱼水
志同道合结百岁鸳鸯

新莲沐朝阳并蒂竞绽
乳燕借东风比翼齐飞

爱情花并蒂花开开不败
夫妇心常谐心乐乐无穷

缔良缘两心赤诚喜大庆
结知音百年美满乐长春

东风劲蓝天高鸳鸯比翼
爆竹鸣华灯放龙凤呈祥

联姻攀戚何必门当户对
交朋结友只求志同道合

男尊女女尊男男女平等
夫敬妻妻敬夫夫妻相亲

唯求爱永恒一生同伴侣
但愿人长久千里共婵娟

新婚新屋新人人人如意
佳期佳景佳时时时称心

玉烛生辉喜兆千秋鸾凤
银灯结彩祥映百代鸳鸯

愿天下有情人终成眷属
作世间才子妇也算神仙

结伴侣红花并蒂相映美
配佳偶娇燕双飞试比高

缕结同心日丽屏开孔雀
莲开并蒂影摇池上鸳鸯

如此佳妇佳儿莫非天赐
真个宜家宜室必是良缘

知己难求白璧终归获主①
良缘易合红叶亦可为媒

爱情姓什么姓真姓美姓善
结婚成何事成人成名成家

爱自情钟从古良缘须己缔
境由心造如今佳偶胜天成

鞭炮声声玉笛琴弦迎淑女
欢歌阵阵金箫鼓乐贺新郎

洞房花烛交颈鸳鸯双得意
夫妇恩深和鸣凤鸾两多情

---

①典出和氏璧故事。春秋时期，楚国一个名叫卞和的玉工在荆山寻获一块外形如石的璞玉，他将璞玉两次送到王宫，想献给楚王，但都因无人能识而被拒绝，他自己也被砍去双足。后来，新即位的楚文王听说他抱着这块璞玉大哭了三天三夜，便让他再次进宫，当面命人剖开石壳，里面果然是稀世美玉。从此这块玉就成为楚国的镇国之宝。

红叶题诗诗传红叶成眷属
蓝田种玉玉出蓝田结凤凰

红雨花村交颈鸳鸯成匹配
翠烟柳驿和鸣鸾凤共于飞[①]

金结同心百岁夫妻良配偶
彩绳系足千秋鸾凤永和鸣

举酒贺新婚人与河山同寿
纵情歌盛世喜临门户长春

美酒同酿忠贞爱情不可破
春风共享和睦家庭乐无穷

你敬我爱你我好比鸳鸯鸟
意合情投意情恰似连理枝

①于飞：结伴齐飞的意思，比喻夫妻相爱。语出《诗经·大雅·卷阿》“凤凰于飞，翙翙其羽，亦集爰止”。

鸟恋林鱼恋水情哥恋情妹
云配月叶配花佳女配佳男

牛女二星渡过银河成好合
麒麟一兽送来金屋永呈祥

日暖风和伉俪同心山成玉
月圆花好夫妻协力土变金

喜酒杯杯喜事喜逢喜日子
新风处处新人新建新家庭

相敬如宾好好和和四季乐
钟情似海恩恩爱爱百年长

相敬如宾客莫道妇随夫唱
情深若知己休言男尊女卑

新婚堂内红花并蒂相映美
小康途上娇燕双飞试比高

绣阁灯明鸳鸯并立齐欢笑
妆台镜照鸾凤和鸣共吐心

一对鸳鸯湖泊游泳清波水
成双鸾凤森林共栖梧桐枝

紫燕双双容貌心灵皆俊美
红花朵朵才郎淑女更风流

不愿如鸳鸯卿卿我我戏浅水
有志学海燕朝朝夕夕搏长风

朝阳彩凤喜双飞建千秋伟业
向晓红莲开并蒂树一代新风

此日喜成婚海誓山盟期百岁
今朝劳玉驾谈今论古饮千觞

嘉会际文明翠帐初征双璧影
良辰占吉庆盛仪喜见七香车

嘉礼演文明训词与颂词并进
良辰与吉庆琴韵同歌韵和鸣

佳偶自天成成男成女成夫妇
良缘随心有有家有室有儿孙

门外绕清泉池生春草兰芽发
窗前谈志趣帘辉俏影笑声甜

男女并肩为锦绣河山添异彩
夫妻携手向伟大祖国献青春

携手结伴侣眼角眉梢添春色
同心话爱情灯前月下有知音

鸳鸯爱碧水畅游同歌乾坤暖
鸿雁喜蓝天高飞共享日月光

四季婚联

春季婚联

碧岸雨收莺语柳
蓝田日暖玉生烟

并翅金莺忙织柳
双飞紫燕正衔泥

车辆喜乘芳草路
琴瑟欣鼓杏花天

春风入户月圆夜
喜气盈门花好时

春风引来比翼鸟
红雨浇开并蒂莲

春风送暖人心喜
佳偶同偕鱼水欢

春光映院花容艳
喜气满堂人意和

春花绣出鸳鸯谱
夜月斟满琥珀杯

春临大地迎新岁
喜到人间贺佳期

春日梅开花并蒂
良宵家庆月双圆

春燕衔春春得意
新婚纳福福无疆

丹椒风暖青鸾镜
翠柏春融绿萼樽

二分春色九霄月
一对新人百载缘

凤翔鸾鸣春正丽
莺歌燕舞日初长

芙蓉帐里春宵暖
梅柳江头物候新

吉日吉时传吉话
新人新岁结新婚

吉日花开梅并蒂
良宵家庆月团圆

佳儿佳女成佳偶
春日春花舞春风

佳节佳庆配佳偶
新燕新春闹新房

好年尚逢交好运
佳节还望迎佳人

红梅吐艳迎淑女
美酒飘香酬嘉宾

红杏枝头春意满
彩云声里玉箫清

花灿彩灯鸾对舞
春回画栋燕双栖

花好月圆欣喜日
桃红柳绿幸福时

花开宝镜祥云霭
乐奏琼箫彩凤来

花迎新妇清香远
柳沐东风春喜浓

黄莺巧唱新春曲
紫燕同衔老屋泥

火树吐花光璀璨
银蟾绚彩影团圆

伉俪并鸿光竞美
生活与岁序更新

兰信曾传二月候
梅花不是入时妆

礼行奠雁三春后[1]
诗咏关雎四月初

莲子杯中金谷酒[2]
桃花笺上玉台诗[3]

两情鱼水春作伴
百年夫妻爱常新

灵椿堂上承中馈[4]
明镜台前作好春

柳丝喜发千枝绿
桃蕾欣放并蒂红

柳絮新词传绣阁
杏花春色丽妆台

鸾凤和鸣昌百世
鱼龙并舞庆元春

鸾凤双栖桃花岸
莺燕对舞艳阳天

眉黛春生杨柳绿
玉楼人映杏花红

名花艳影同心侣
美酒春留合卺杯

①奠雁：古代婚俗，男方到女方家迎亲，须献上一对大雁为礼物。

②金谷：指奢华的酒席，也有行酒令的意思。

③玉台：即闺中所用饰有美玉的镜台。如唐代王昌龄《朝来曲》有“盘龙玉台镜，唯待画眉人”之句。

④中馈：本意为家庭中主管膳食事务的人或酒食，后来也指妻室。

巧借新春迎淑女
喜将元旦作婚期

且看佳节配佳偶
更喜新春迎新人

秦晋联姻春意闹
凤凰比翼彩虹飞

日丽风和盈门喜
月圆花好满庭春

瑞年正月完婚礼
盛世丰年宴亲朋

桃符新换迎春帖
椒酒还斟合卺杯

三月桃花开暖色
千声爆竹引新人

三月桃花红锦绣
一双银烛照新人

三月红桃现奇朵
千声喜炮迎玉人

笙歌彻夜香车连
箫鼓元宵宝镜圆

天地增三分春色
人间添两缕情思

天上四时春作首
人间万嗣嫁为先

喜酒喜糖办喜事
新年新春迎新人

喜逢佳节成佳偶
好趁华年谱华章

喜鹊喜期传喜讯
新春新燕闹新房

香梅迎春灯结彩
喜气入户月初圆

新岁新婚新起点
喜人喜事喜开端

烟开柳叶香风起
春入桃花喜气浓

烟开柳叶香风醉
春入桃花暖气浓

燕投画阁祥云瑞
莺啭香帘春色浓

燕舞莺歌春得意
志同道合偶遂心

一对璧人开吉席
万分春色到华堂

一门喜沐三春雨
两姓欣缔百岁缘

已睹春云笼彩鬓
还窥夜月映金莲

银烛光浮元夜月
紫箫吹彻玉堂春

银灯光摇金缕紫
玉楼人映杏花红

莺声日暖鸣金谷
麟趾春深步玉堂

迎来春节迎淑女
闹罢元宵闹洞房

苑内桃花闹并蒂
檐前燕子竞双飞

乐和笙箫吹夜月
花开桃李笑春风

正是莺歌燕舞日
恰逢花好月圆时

枝上桃花看并蒂
帘前燕子仰双飞

仲阳绿柳飞鹦鹉
丽日新风引凤凰

白首齐眉鸳鸯比翼
春阳启瑞桃李同春

并蒂莲开合欢果结
当垆酒暖举案眉齐①

蚕月条桑春阳启瑞②
鸳鸯比翼桃李争芳

池水春融嘉鱼比目
岗梧日暖彩凤双栖

春暖花朝彩鸾比翼③
风和丽日红杏添妆

---

①当垆：垆，通罏，是古代酒馆里用来放置酒坛子的泥台，也代指酒馆。当垆即卖酒。典出《汉书·司马相如列传》。西汉大才子司马相如与富家女卓文君私奔之后，因家贫，开了一家酒馆，卓文君亲自当垆卖酒，司马相如则穿着普通庶民的短衣在街上洗酒器。

②蚕月：农历三月为养蚕起始的月份，故名蚕月。

③花朝：旧时曾以农历二月十五日或二月初二（地域不同，时间也不同）为“花朝节”，传说这一天是百花生日。花朝，也泛指百花盛开的春天清晨。

春正好香生花并蒂
酒初醺彩结缕同心

翠帐飘香红花并蒂
春风拂柳紫燕双飞

画堂春暖宫花竞艳
绣榻风和凤管同调

景丽三春桃华叶吉
祥开五世瓜瓞延绵①

梁燕于飞双栖双宿
彩鸾对舞若即若离

鸾凤和鸣莲花并蒂
麒麟瑞叶玉树连根

美酒盈樽嘉宾满座
春风入户喜气临门

日朗风和华堂香满
月圆花好绣阁春浓

三春刚过莺歌燕语
四月初来凤舞鸾翔

芍药当阶琼楼春驻
蔷薇满架金屋云深

松树交柯曾经飞雪
梅花并蒂来报新春

万紫千红十分春色
双声叠韵一曲新歌

---

①瓜瓞绵延：形容子孙蕃盛，家族繁衍绵长。典出《诗经·大雅·文王之什·绵》“绵绵瓜瓞，民之初生”。

万紫千红十分春色
浓情蜜意一曲欢歌

杏雨红酣芳心乍展
梨云香袅同梦初回

燕舞莺歌云开五色
兰馨芝秀喜满三春

杨柳展眉梅花点首
芙蓉并蒂芍药连枝

一代桃符宜春共写
万家柏酒合卺同斟

苑中百花争奇吐艳
梁间双燕展翅舒怀

箫引凤凰春生斑管
杯浮竹叶香到梅花

绣幄春深和谐燕侣
锦堂花馥独启麟征

杨柳楼台同斟清酒
桃花门巷相映红颜

一代良缘九天丽日
八方贵客七色彩虹

玉轸风熏春去夏至①
金闺香暖宵短梦长

并蒂花迎春桃红李艳
比翼鸟展翅云彩霞光

①玉轸：指用玉石制成的系琴弦的琴柱，尽言琴瑟之华美。

春风祥和染柳绣大地
情侣蜜意柔灯悬洞房

好雨开春花花开并蒂
深情结硕果果结同心

喜期办喜事皆大欢喜
新春结新婚焕然一新

莺声腾古语酒斟琥珀
绣户换新桃梦兆熊罴

迎新春新春又办新事
贺佳节佳节喜庆佳期

春雨润春花春色处处艳
新人办新事新风人人夸

前程辉煌同事同心同喜
春光明媚新人新岁新婚

春风得意瑞花乍开芳香远
红雨随歌新人进村喜气生

春节喜联姻良日良辰良偶
岁朝欣合卺佳男佳女佳缘

翠烟柳岸交颈鸳鸯成匹配
春雨杏花和鸣鸾凤共于飞

大地香飘蜂忙蝶戏相为伴
人间春到莺歌燕舞总成双

喜爆声声佳宾共庆双飞燕
和风阵阵丽日常煦并蒂莲

一对璧人丽月联成合欢璧①
几番花信春风吹绽并蒂花

佳节好春景鸟语花香奏佳调
新年缔良缘月圆人美谱新歌

佳节贺佳期佳女佳男成佳偶
春庭开春宴春人春酒醉春风

①丽月：即夏历二月。

美酒同酿忠贞爱侣天长地久
春风共享和睦家庭人寿年丰

岁首万象更新满屋辉煌行喜礼
春节三阳开泰合家欢乐宴佳宾

好国好家好夫好妻好日子好了再好
新春新婚新事新办新风尚新而又新

佳期值佳节喜看阶前佳儿佳媳成佳配
春庭开春筵敬教座上春日春人醉春风

夏季婚联

才子凌云诗咏雪
榴花映日剑摇风

采莲君子新求偶
咏雪佳人旧有才

池上莲花舒并蒂
庭中荔子缀连枝

池上绿荷挥彩笔
天边朗月偃新眉

翡翠屏开槐影茂
鸳鸯池畔藕花香

翡翠翼交连理树
藻芹香绕合欢杯

凤管音谐金缕曲
蝶衣粉沾石榴裙

凤箫声奏解炎曲
金屋人簪辟暑犀

桂花月明金作屋
蓝田日暖玉生香

红妆带绾同心结
碧沼花开并蒂莲

花间蝴蝶翩翩舞
水上鸳鸯对对游

花好月圆羡比翼
天长地久卜齐眉

花开并蒂蝴蝶舞
连理同根杨柳青

荷钱掩映楼头月
燕剪差池槛外风

吉日正逢桂蕊盛
星期幸际月轮圆

佳期临近端阳节
小院长开幸福花

金屋光辉花正好
玉楼宵静月常圆

壵酒香浮蒲酒绿
榴花艳映烛花红

精阳蝉韵和声美
焦月荷花并蒂红①

酒酿黄梅欣合壵
诗题红叶庆齐眉

①焦月：指农历六月，因此月为全年温度最高，故名。

莲叶池中鱼比目
蓝桥石上凤双飞

莲沼鸳鸯歌福禄
蓉屏孔雀绚文章

两朵红莲开并蒂
一生恩爱结同心

菱花光映妆台镜
瓜果香分合卺杯

六月红莲双开艳
一堂好友共举杯

情重意浓双飞燕
花红叶茂并蒂莲

诗载纨扇当槐夏
曲度琼箫在春秋

双飞黄鹂鸣翠柳
并蒂红莲映碧波

双星牛女窥银汉
并蒂芙蓉映彩霞

水中莲花朵朵美
梁上燕子双双欢

探花恰值辰初夏
梦燕欣逢麦报秋

同心永结幸福果
并蒂新开合欢花

梧桐枝上栖双凤
菡萏花间宿并鸾

五律高鸣歌道喜
一堂大庆雁来朝

新花瑞色浮妆阁
早稻薰风入酒卮

绣阁烛映鸳鸯立
花坛影偕蝴蝶飞

雅奏鸣鸾谐佩玉
佳期彩凤喜添翎

燕子漫疑钗作玉①
牛郎应悟鹊为桥

杨柳荫浓莺合唱
芰荷花绽蝶双飞

一岁光阴今过半
百年伉俪喜成双

玉镜人间照合璧
银河天上渡双星

玉楼冰簟鸳鸯枕
璇阁晶帘鹦鹉杯

玉宇欣看金鸡舞
画堂喜听彩鸾鸣

鸳鸯相驱藕抽节
鸾凤和鸣莲吐花

鸳鸯对舞荔结果
鸾凤和鸣藕开花

月满槐厅蒲酒厚
江探草阁平箫长

①典出南朝《述异记》，汉武帝曾得神女赠白玉钗一支，汉昭帝时，有宫女见到此钗，光莹奇丽，想要砸碎它，玉钗便化作一只白燕子升空而去。唐代时白燕子有祈生贵子的含义。后来，白玉燕钗成为吉祥之物。

云汉鹊桥牛女渡
秦台玉箫凤凰飞

云开兰对香风起
火灿榴花暖意融

云楼欲上攀丹桂
月殿先登晤素娥

云路高翔比翼鸟
龙池深种并蒂莲

枝头榴花红艳艳
绣帏凤侣情殷殷

只缘菡萏连枝发
得引鸳鸯比翼游

艾绶舒风榴花光耀
鸣鸾歌日彩凤翔云

才子佳人词填馥郁
人间天上曲奏霓裳

才子佳人世间两美
牛郎织女天上双星

户灿三星诗歌束楚[1]
祥征百子图写安榴[2]

槐荫连枝百年启瑞
荷开并蒂五世征祥

①束楚：本意为一捆柴薪。《诗经·唐风·绸缪》有“绸缪束楚，三星在天。今夕何夕，见此良人”之句，故后世以束楚或束薪比喻男女婚姻。

②安榴：“安石榴”的简称，即石榴。石榴原产安息国，故名。

荔子连枝百年启瑞
荷花并蒂五世征祥

律日蕤宾和风送暖①
时维建午华日开祥

鸾凤新声林钟协律
鸳鸯好梦徂暑征祥②

满架蔷薇香凝宝镜
一槛芍药花拥玉烛

喜溢华堂地天交泰
香飘桂苑人月双圆

雪藕调冰两情蜜月③
鼓琴被袗一曲薰风④

银汉双星金秋吉日
人间七巧天上佳期

翠竹碧梧丽色映屏间孔雀
绿槐新柳欢声谐叶底新蝉

---

①蕤宾：古代十二律之一。古人音律、历法相对应，十二律对应十二月。蕤宾是第七律，位置在午，对应农历五月。

②徂暑：指暑热渐消的夏末时节。

③雪藕调冰：古时消夏的一种甜食。

④鼓琴被袗：袗衣，指一种绘有花纹的华贵的衣服，一般是天子才能穿的。《孟子·尽心下》中有“舜……及其为天子也，被袗衣，鼓琴”之句。

嘉会际光明好逑初征双璧合
良辰占吉庆盛仪喜见七香迎

朗月喜团圆光照庭前连理树
卿云何灿烂瑞符天上吉奎星

榴火舒丹鸾凤和鸣寒门壮色
灯花献瑞鸿宾咸集荜户增光

试问夜如何牛女双星缠碧汉
欲知春几许凤凰比翼下秦台①

桅子结同心喜向帘前唤鹦鹉
莲花开并蒂笑看池畔宿鸳鸯

银汉双星任石烂海枯同心永结
人间佳节共天高地阔比翼齐飞

①秦台：秦穆公之女弄玉夫妇居住于凤台，钻研箫乐，后来箫声引来了凤凰，双双跨凤成仙而去。

秋季婚联

比翼鸿鹄衔红叶
同心伴侣话青春

彩笔诗题枫叶好
红颜靥醉菊花香

彩笺吟就新诗好
红袖擎来菊酒香

彩日流辉迎凤辇
祥云呈瑞覆鸾妆

槎浮银汉逢天女①
月满清秋结桂珠

池生秋月竹叶秀
帘映娇姿笑语喧

此日花开莲并蒂
今朝人庆月双圆

大雁比翼飞万里
夫妻同心乐百年

丹桂香飘云路近
玉箫声绕镜台高

翡翠帘垂初月夜
鸳鸯被卷小阳春

---

①典出西晋张华《博物志》。传说大海与天上银河相通，每年八月都会有一条木筏飘到海岸边，有人便登上木筏，随波而去，走了十几天，一路上似乎见到日月星辰，终于来到一处城郭，宫室中有许多纺织女子，有一个牵牛男子到水边饮牛。原来这里正是天河。牵牛男子是牵牛星。

高会后重九九日
佳偶是无双双星

合节双星牛共女
清歌一曲月如霜

合巹欣逢人送酒[1]
开筵喜见客题糕

画蛾乐见银钩灿
簪花欣闻玉骨香

黄花酒为交杯酿
红叶诗将咏絮题

黄花艳吐东篱月
丹桂香飘北国诗

黄菊绽金光云鬐
芙蓉含露醉朱颜

建亥月迎双美偶
向阳花放满庭芳

京兆画眉传彩笔
寿阳点额试梅花

葵生阳月贺双美
节届上冬庆百年[2]

良辰月圆合欢美
吉时花好齐眉亲

巧借花容添月色
好将秋夜作春宵

---

①送酒：典出《续晋阳秋》，陶渊明重阳节家中无酒，正采菊代酒解馋时，见有白衣人来访，原来是江州刺史王宏派人来给他送酒。

②上冬：指农历十月。

清管曲余鹦鹉语
碧梧栖老凤凰枝

琼楼月皓人如玉
绣阁花香酒似兰

秋色平分佳节夜
月华照见美人妆

诗题红叶同心句
酒饮黄花合卺杯

诗题红叶授衣月①
酒酿黄花合卺时

十月笳期今在目
百年美景早归心

堂上琴瑟观并蒂
天边鸿雁听和鸣

同心结映红叶色
连理枝飘金桂香

同心盟订三生石
连理枝开十月花

喜酒饮来三日醉
早梅分得一枝春

瑶琴一曲双星会
月殿二秋百桂香

叶染群山题妙句
花香满室衬新妆

①授衣：指制作寒冬的棉衣。古人以授衣之月指代农历九月。典出《诗经·豳风·七月》"七月流火，九月授衣"。

银河驾鹊欢良夜
绣幄迎鸾叶吉期

云抱玉林芝草秀
香飘金屋篆烟清

彩凤和鸣梧桐荫茂
关雎雅化苹藻仪修

丹桂香飘姻联两姓
蟾宫月满喜照人间

缔结良缘宜其家室
向阳花好荣荫庭园

点额新妆香探梅岭
交心佳侣情满兰闺

翡翠帘前数声鹦鹉
芙蓉帐里一对鸳鸯

国庆新婚重重见喜
年丰人寿岁岁呈祥

红叶题诗蓝田种玉
黄花酿酒黛笔画眉

锦里枫丹芳联弈叶①
华堂藻丽瑞霭琼英

酒熟黄花杯斟合卺
诗题红叶结绾同心

鸾凤和鸣秋光满月
鹏雁比翼壮志凌云

---

①弈叶：即弈世，指世世代代。弈通“奕”。

酿熟黄花节逢重九
眉分碧月样画初三

秋水银堂鸳鸯比翼
天风玉宇鸾凤和声

序应三秋桂花馥郁
祥开百世瓜瓞绵长

志同道合金菊吐艳
花好月圆丹桂飘香

秋色清华吉祥止止①
威仪徽美乐意陶陶

绣幕风清凤箫吹处
金轮月满鸾镜圆时

玉律鸣秋鹊桥路近②
金风涤暑鱼水欢谐

冬季婚联

白雪飞舞映双喜
红梅竞开香连枝

并蒂红梅相映美
双飞紫燕试比高

①语出《庄子·人间世》“瞻彼阕者，虚室生白，吉祥止止”。止止，意思是停留于其上。

②玉律：玉制的定音器。

不夜珠明花灿烂　　彩灯高悬鸳鸯舞
解寒钗暖雪消融[①]　　红梅盛放鸾凤鸣

苍松翠柏沐喜气　　翠黛画眉才子笔
玉树银枝迎新人　　红梅点额美人妆

凤管吹成三弄曲[②]　　皓月描来双燕影
熊占吉协一阳生　　寒霜映出并头梅

合欢共醉黄封酒[③]　　画眉笔带凌云气
度岁新添翠袖人　　种玉人怀咏雪才

婚筵留客情弥重　　吉日花开梅并蒂
腊鼓催人酒益酣　　良宵家庆月双圆

---

①解寒钗：亦作辟寒钗，典出《拾遗记》。传说三国时昆明国向魏国进贡了一只嗽金鸟，这只鸟能口吐金屑，宫女们纷纷拣拾金屑装饰自己的发钗环佩，称其为“辟寒金”。一说这只鸟不怕冷，故名；又说这只鸟被养在避寒台，故名。

②三弄：古琴曲名，即《梅花三弄》，曲中表现的是傲雪梅花。

③黄封酒：宋代官酿之酒，因以黄色布帕或黄纸密封而得名。

吉择小春迎淑女
敬邀大人莅喜席

交柯松树傲腊雪
并蒂梅花报新春

金鸡昂首祝婚礼
喜鹊登梅报佳音

腊梅丛里联佳偶
瑞雪飞处庆良辰

腊月梅花不让雪
新春玉步待迎人

蓝田玉映三景曜
仙圃梅开长日妆

两姓良缘天作合
三冬好景月初圆

梅花芳讯先春试
柏叶吟杯小雪初

瑞雪飘来花撒帐
冬梅摇落蜡铺毡

扫雪清尘迎淑女
敲冰煮茗宴嘉宾

双飞娇燕偶偕老
六出雪花梅吐香

箫管双声和雅韵
雪梅一色衬新妆

小梅香里黄莺啭
玉树荫中紫凤来

笑拥梅花迎翠步
欣题红叶动仙娥

偕年佳偶同心结
凌雪梅花并蒂开

雪案联吟诗有味
冬窗伴读笔生香

雪案初吟才女絮
玉盆新供水仙花

雪雁双飞严霜退
红梅并放坚冰融

雪缀香车颜如玉
星回绣幄亮如金

雪中句丽征才女
林下风清识大家①

银烛光辉生夜暖
玉梅清丽占春魁

鹦鹉杯中浮竹叶
凤凰琴里奏梅花

载雪香车启爱路
临风梅蕊绽情花

展尔姿容羞月色
赐吾冬夜作春宵

白雪无尘爱情圣洁
红梅有信盟誓坚贞

关雎好逑鸡声戒旦
桂房冬耀兰阏春生

---

①上下联均典出东晋才女谢道韫的故事。上联指谢道韫幼年咏絮事，下联指《世说新语·贤媛》中称谢道韫成年后“神清散朗，有林下风气”。

金屋才高诗吟白雪
玉台春早妆点红梅

梅蕊初放花开并蒂
凤凰于飞喜满华堂

青松枝头白鹤为偶
紫竹园里翠鸟成双

箫引凤凰春生斑管
杯斟鹦鹉香扑梅花

叶上题吟朱陈结好
梅边索句秦晋联姻

白雪无尘如爱情纯洁
红梅有信似婚姻初新

翠幕牵丝绣阁绾同心之结
蓝田种玉麟趾兆公子之祥

合卺交杯洞房花烛三冬暖
并肩携手举世芳名四季香

梅花隔岁开早夸才子凌云笔
柳絮因风起曾记佳人咏雪诗

择日婚联

初一

初见钟情今结伴
一堂大喜始膺门①

初升旭日明喜鹊争鸣传喜讯
一笑霞光艳新花竞放迓新人

初二

初月良宵成美景
二人惬意度佳期

初衷遂芳心喜见红花并蒂
二姓联佳偶欣骑骏马齐奔

初三

初月低垂恩爱久
三星高照幸福长

---

①膺门：典出《后汉书》。东汉太尉李膺一度权倾朝野，士人们都以被他接纳为门徒门客为荣，称之为登龙门。后世便以“膺门”指代高名大姓者的门下。

初衷莫负曾记山盟海誓
三生有幸喜看璧合珠联

初四

初季花鲜人似玉
四时情厚爱如饴

初夜话前情共忆山盟海誓
四更留美梦同传蜜意甜言

初五

初月高悬明绣纬
五音协奏弄清歌

初上蟾光清月圆花好青春艳
五方景色秀松茂竹苞事业兴

初六

初葩并蒂花光艳
六木交枝叶葱茏

初阳焕彩鸳鸯对戏三江暖
六合同春琴瑟和鸣百载亲

初七

初衷意合称梁祝
七巧婚联架鹊桥

初夜合卺畅舒壮志
七夕巧渡喜结良缘

初八

初婚喜结称心侣
八面欣传祝福歌

初识便衷情结合自多如意事
八字无关命工夫不负有心人

初九

初春绿竹连根茂
九畹黄花并蒂开

初月悬星光光照鸳鸯成好梦
九霄奏舜乐乐舒鸾凤焕新声

初十

初次交杯成知己
十分得意伴终身

初愿遂心琴瑟和鸣新婚曲
十分惬意夫妻共绘未来图

十一

十里笙箫迎淑女
一番锣鼓贺新郎

十进山河处处莺莺燕燕
一园春色朝朝我我卿卿

十二

十里春风同心曲
二分明月合欢歌

十年树木李桃争艳
二姓联姻鱼水偕欢

十三

十锦妆成箫引凤
三阳启泰婿乘龙

十里溪清喜地欢天鸣琴瑟
三更月朗穿云透雾照鸳鸯

十四

十里桃花含苞待放
四方宾客斟酒高歌

十里梅兰香同心事业换新貌
四时松竹茂满目山河改旧颜

十五

十雨五风隆化育
五光十色映新妆

十里新畴尤爱红花并蒂美
五方佳景更欣俊鸟比翼飞

十六

十雨及时荣草木
六花献瑞赋青春

十全携手期百年佳偶
六出飞花兆盛世丰年

十七

十分春意妆玉面
七色霓虹架彩门

十里云霞美喜看长空比翼
七弦琴瑟和欢弹大业同心

十八

十香车拥门生彩
八骏马驰凤偕龙

十亿心齐共创千秋大业
八方乐奏同欢两姓良缘

十九

十里好花迎玉女
九台芳草贺英男

十里橙黄月圆花好联佳偶
九秋菊艳姹紫嫣红胜阳春

二十

二情恩爱度冬夏
十里馥馨延韶华

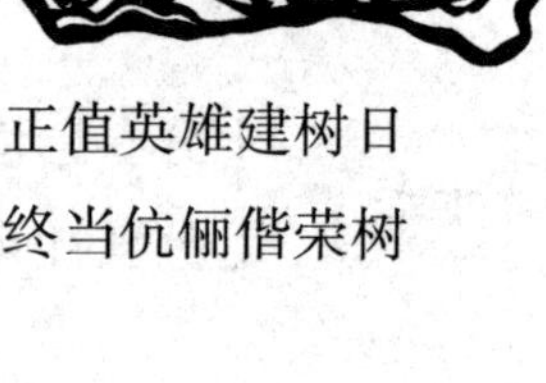

二分事业百倍功夫正值英雄建树日
十载恋情一朝遂愿终当伉俪偕荣树

二十一

二朵彩云飞彩凤
一双红烛映红心

二心意合情投同唱千支新曲
一道鞭扬马跃共奔万里前程

二十二

二秀成婚逢盛世
双鹤飞舞结良缘

廿一纪慧女英男成佳偶
二情侣齐心协力展壮猷

二十三

二喜临门幸福至
三星在户新人来

二姓良缘千缕情丝春永驻
三更蜜语百般恩爱树常青

二十四

二情鱼水永相爱
四季美景齐绘描

二盏合欢酒珠联璧合
四方正气歌国治家齐

二十五

二人好合新伉俪
五世其昌好家庭

二心相印抒宏愿
五乐齐鸣庆新婚

二十六

二分明月临门户
六合同春缔玉缘

二骏同奔富裕途中兴大业
六合共仰文明卷上绘宏图

二十七

二星合影辉家室
七巧同心守玉盟

廿龄淑女勤俭模范
七尺男儿致富尖兵

二十八

二骏同奔康庄道
八音协奏爱情歌

二小钟情心相印
八方呈秀月常圆

二十九

二朵红花争怒放
九霄俊鸟比高飞

二姓结良缘百年佳偶同心结
九天悬丽日万里鹏程比翼飞

三十

三三竹叶联九有①
十十梅花香百年

三冬瑞雪难比爱情圣洁
十月红梅确如伴侣英姿

①九有：指中国。据《尚书·禹贡》，古人将中国分为冀、兖、青、徐、扬、荆、豫、梁、雍九州。九有即九州。

三十一

三冬喜气生璧玉
一树红梅映佳人

三冬喜气盈种来璧玉成伉俪
一岭梅花艳开得芬芳满乾坤

其他婚联

嫁女联

宝马迎来云外客
香车送出月中仙

梅蕊冲寒幸沐春光迎贵客
松针吐翠喜送淑女赴新婚

入赘联

得赘贤郎即是子
生来好女胜于男

好女娶夫破旧俗
英男落户树新风

入赘何须称半子
成亲喜待衍千年

未必生男胜生女
从来佳婿胜佳儿

贤婿做儿福中福
爱女为媳亲上亲

爱自钟情何必男婚女嫁
俗因时易也能妇唱夫随

老龄婚联

白头幸遇知心伴
老骥喜吟伏枥篇

暮年欣结同心伴
余生乐度幸福秋

暮岁欣交同路侣
余生乐度艳阳秋

正喜老龙腾锦浪
更看新凤集琼枝

欢度晚年又成佳偶
发挥余热再立新功

新知长相知知心知意知冷暖
老伴永作伴伴读伴游伴春秋

盛世几多情喜老树发新枝绽开绿叶
人间充满爱愿晚年成伉俪焕发青春

集体婚礼联

对对莲开映碧水
双双蝶舞乘东风

九畹兰香花并蒂
千树梧桐凤双栖

双双蝴蝶随风舞
对对鸳鸯戏水游

对对红莲齐开碧水
双双彩蝶共舞春风

男男女女恩恩爱爱
对对双双喜喜欢欢

行集体婚礼大家欢喜
创伟大业绩共同幸福

新时代新人物新婚嘉礼
好政策好光景好合百年

鸾凤双双看比翼
夫妻对对结同心

座上同歌花烛喜
房中独占凤鸾俦

好男儿破千年旧俗
贤淑女开一代新风

簇簇春花映千家春景
对对新侣开一代新风

恩爱夫妻双双恩恩爱爱
和睦家庭个个和和睦睦

男男女女高高兴兴结佳偶
对对双双兢兢业业绘宏图

鸳鸯对对天涯海角寄深情
夫妇美美海枯石烂献红心

双双对对对对双双双喜临门
合合蜜蜜蜜蜜合合合好百年

千门春意时时春意映万里春景
两个新人对对新人开一代新风

同心同德为同一目标结成同心伴
新郎新娘在新的时代谱写新篇章

喜对对恩爱夫妻笑容可掬彬彬有礼
看满堂欢欣场面彩照高悬灼灼其华

同龄·同学婚联

红莲并首开并蒂
夫妇同龄结同心

花月新妆宜学柳
芸窗旧友早栽兰

旧日诗马藏万卷
今宵人月喜双圆

轻画眉黛欣此后
同骑竹马忆当年

青梅竹马男偕女
海誓山盟女嫁男

情有自由爱有属
学无止境业无穷

双林飞出同龄鸟
异姓结成百岁缘

花好月圆昔日曾共砚
志同道合今宵庆联姻

同行同志善绾同心结
新事新风高歌新乐章

昔日同窗竹马青梅谈理想
今宵合卺高山流水话知音

共读芸窗知天识地心心相印
同耕碧野振国兴家事事皆通

教师婚联

爱情如几何曲线　灯下畅叙夫妻爱
幸福似小数循环　洞房尽飘桃李香

（数学教师结婚喜联）

恋爱自由无三角
人生幸福有几何

六月红莲开并蒂
一乡师友结同心

（数学教师结婚喜联）

鸾帐双栖与子同梦
萤窗并坐助我攻书

文人婚联

碧纱待月春调瑟
红袖添香夜读书

河鸠声里饶诗意
花笔窗前好画眉

书声喜有琴声伴
翰墨新添黛墨香

双鲤深情怀远志①
阖家彩笔绘宏图

松竹梅兰同相爱
诗书琴画共抒情

杏坛春暖花并蒂②
兰闺日晴燕双飞③

鸳鸯帐前丹青色
琥珀杯透翰墨香

①双鲤：古代用来夹着信笺的木板形似鲤鱼，上有盖，下有底，如同一对鲤鱼，因而双鲤指书信。

②杏坛：原为孔子教授学生的地方，出于《庄子》，后来指教学之地。

③兰闺：汉代嫔妃所居的兰林殿被称为兰闺，后世指一般女子的闺房。

笔墨纸砚描绘夫妻恩爱
琴棋书画陶冶伉俪情操

红颜今日自有琴棋助雅兴
白发他年还求书画伴遐思

军人婚联

得与红梅作伴侣
本来青松是英雄

虎幄运筹添内助①
鸡声戒旦勉前程

军民同谱凯旋曲
夫妇共浇恩爱花

军属门庭添风彩
荣归战士喜鸾鸣

莲花帐下成嘉礼
杨柳营中咏好逑

帷房曲奏军中乐
甲帐盟成石上缘

鸿案相应鸡鸣戒旦
凤台对吉虎帐生春

①虎幄：古时指军营中将军的营帐，亦作虎帐。

祝今日结成幸福侣
盼明朝共戴英雄花

情真意切结革命伴侣
志同道合做恩爱夫妻

今朝洞房共照边塞一轮月
他日岗哨常怀家乡并蒂情

爱情花朵同长沃原共沐甘露得百年好合
英雄夫妻并肩战斗比翼翱翔乘万里东风

婚联横批

爱河永浴
百年好合
彩燕双飞
地久天长
夫妻和睦
荷开并蒂
吉庆吉祥
佳偶天成
良辰美景

白头偕老
百年佳偶
赤绳永系
凤麟起舞
花好月圆
合卺之喜
吉日良宵
金玉良缘
良缘夙缔

百年恩爱
比翼齐飞
丹桂生香
夫妇同心
花开并蒂
户拱三星
佳偶良缘
皆大欢喜
麟趾呈祥

龙凤呈祥
美满幸福
青梅竹马
如鼓瑟琴
同心永结
喜溢华堂
喜气盈门
相敬如宾
心心相印
燕尔新婚
玉树琼枝
鸳鸯福禄

龙腾凤翔
美满姻缘
情投意合
三星在户
万紫千红
喜溢门庐
喜气生辉
偕老百年
幸福绵长
莺歌凤舞
鸳鸯深情
云天比翼

鸾凤和鸣
鸟乐同林
情深似海
天作之合
五世其昌
喜气盈庭
喜成连理
馨香百世
幸福家庭
永结同心
鸳鸯对舞
珠联璧合

寿　联

通用寿联

爱日恩深歌长寿
慈云瑞霭乐延年

白雪欢歌翻寿曲
淡云坚石傲松年

柏节松心宜晚翠
童颜鹤发胜当年

北海清樽开黛色
高堂华宇照春晖

不愁老圃秋容淡
犹有黄花晚节香

彩笔不随年岁老
华章偏映夕阳红

苍龙日暮还行雨
老树春深更著花

常思进取忘年老
未敢蹉跎度韶华

春日融和欣祝寿
寿星光耀喜迎春

大好时光挥余热
太平盛世祝遐龄

东海白鹤千秋寿
南岭青松万载春

凤凰枝上花如锦
松菊堂中人比年

福禄寿三星共照
天地人六合同春

福星高照满庭庆
寿诞生辉合家欢

桂馥兰馨春不老
年高德邵福无穷

春放百花晴献寿
云呈五色晓开樽

大鸟鹏飞九万里
蟠桃果熟三千年

风高渐展摩天翼
山翠遥添献寿杯

福海朗照千秋月
寿域光涵万里天

福如东海长流水
寿比南山不老松

高龄稔许同龟鹤
瑞世应知有凤毛

海屋有筹多附鹤
春城无处不飞花

鹤发松姿昭永寿
童颜竹节壮秋风

红梅绿竹称佳友
翠柏苍松耐岁寒

琥珀盏斟千岁酒
琉璃瓶种四时花

花开红杏酣春色
酒进南山作寿杯

华屋常悬仁寿镜
高堂盛放吉祥花

几行红树来佳气
一抹青山是寿眉

健身妙术为劳动
长寿良方是乐观

健体欣逢家国盛
高龄不论子孙多

菊花潭里人同寿
扬子江头海不波

露润青松多寿色
月明丹桂酿灵根

南极星临衡岳朗
北堂萱映海天明

年高喜赏登高节
秋老还添不老春

年高喜看花千树
人寿笑敬酒一杯

蟠桃已结瑶池露
玉树交联阆苑春

蟠桃捧日三千岁
吉柏参天五十围

千尺松筠霜后翠
五云花浩日边红

千岁蟠桃开寿域
九重春色映霞觞

青春四海抒豪气
白首九州写壮怀

青霜不老千年鹤
锦鲤高腾万顷波

青松增寿年年寿
丹桂飘香户户香

人如天上珠星聚
春到筵前柏酒香

人上征途心不老
志朝峰顶景长春

人在家乡心在国
操如松柏节如梅

山静日长仁者寿
荷香风善圣之清

身似西方无量佛
寿如南岳老人星

诗咏兰台歌上座
樽开北海乐天忧

室有芝兰春自韵
人如松柏岁长新

寿同松柏千年碧
品似芝兰一味清

寿域无涯宜友鹤
童心不老为观花

松风高驻千年鹤
玉露长滋五色芝

岁序更新添寿考
江山竞秀显英才

堂前燕舞迎春舞
院内莺歌祝寿歌

桃花已发三层浪
人瑞先征五色云①

桃李第随春水绿
桑榆偏向夕阳红

天上星辰应作伴
人间岁月不知年

天上星辰长作伴
人间松柏不知年

天上众星拱北斗
世间无水不朝东

万壑松风增寿色
四时花鸟壮诗情

万里云霞开寿域
满园桃李颂春风

文移北斗成天象
日捧南山作寿杯

---

①典出《旧唐书·郑肃列传》。郑肃为唐武宗的宰相，他的孙子郑仁表文章写得很好，恃才傲物，自视极高，曾声称"天瑞有五色云，人瑞有郑仁表"，世人为之侧目。人瑞指的是德行或年寿很高的人。

五色云中三瑞草
九重天上万年松

稀龄喜晋长春酒
盛世欣开松鹤图

香山梅鹤饶清福
宅地神仙占大春

霄汉鹏程腾九万
锦堂鹤算颂三千

心地光明宜福寿
精神爽朗自康强

行可楷模争称德
寿如松柏岁长春

杏花雨润韶华灿
椿树云深淑景长

幸福门前松柏秀
安乐堂上步履轻

胸怀淡泊人长寿
心气平和体健康

休辞客路三千远
须念人生七十稀

一阳喜见天心夏
五福还推人寿先

已为老骥常嘶枥
化作春泥更护花

银花火树开佳节
玉液琼浆作寿杯

云霞辉映千年鹤
雨露滋润九畹兰①

芝兰气味松筠态
龙马精神鸥鹤姿

朱颜醉映丹枫色
华发疏同老鹤形

自是牡丹真富贵
果然松柏老精神

紫松树里千年鹤
清风池边五色云

足食足衣晚景好
勤耕勤种夕阳红

白发朱颜宜登上寿
丰衣足食乐享晚年

北国开樽西园载酒
南山献寿东阁宴宾

北极同荣南极同寿
灵芝为圃丹桂为林

春满神州松梅献寿
寿开花甲桃李迎风

大德仁翁多福多寿
南山松柏越老越坚

---

①九畹兰：语出屈原《楚辞·离骚》“余既滋兰之九畹兮，又树蕙之百亩”。

得古人风有为有守
唯仁者寿如冈如陵

福禄光明使君寿考
吉善长久宜我子孙

福寿无边国恩家庆
今昨殊异苦尽甘来

红灯高照福庆长乐
爆竹连声寿祝久安

红杏在林寿征二月
碧桃满树时待三春

景星庆云和风甘雨
醴泉芝草雪藕冰桃

乐地乐天福如东海
如松如柏寿比南山

绿野云开丹崖春霁
瑶池桃熟海屋筹添

南极辉腾彤云瑞霭
西池宴会绛雪香芳

璞玉浑金是寿者相
碧梧翠竹得气之清

诗谱南山筵开西序
樽倾北海彩绚东阶

寿酒盈樽春风满座
嵩山比峻南极生辉

添福添寿年高卫武①
如松如柏算似庄椿

序届阳春春同松柏
寿称同瑞瑞献芙蓉

子敬孙贤福如东海
体强身健寿比南山

鹤寿松龄夕阳无限好
青松翠柏秋菊有余香

家家喜见松鹤千年寿
处处笑迎祖国万代春

精神矍烁似东海云鹤
身体健康如南山劲松

老境如饴恩归新时代
人生多福功赖改革风

穷且弥坚不坠青云之志
老当益壮当珍皓首余晖

天上太阳光照山河万里
人间高寿喜看兰桂盈庭

冰冷霜寒五岳劲松曾傲雪
风和日暖一城古柳尚争春

---

①卫武：指春秋时期的卫国国君卫武公，他以高龄不懈朝政著名。典出《国语》“昔卫武公年数九十有五矣，犹箴儆于国”。

恩德盖世共乐光天呼万岁
功勋耀祖宏开寿域祝千秋

福地人勤荷锄载月三星朗
南山寿考傲雪凌霜一柏坚

酒洌花香幸有丰功酬壮志
时和人瑞喜从盛世祝遐龄

乐享遐龄寿比南山松不老
生逢盛世福如东海水长流

蓬莱仙境幻若蜃楼生此地
南极寿星真如图画是斯人

乾坤为寿桂馥兰芳清山翠
日月齐光花明柳媚碧水长

曲谱南薰四月清和逢首夏
樽开北海一家欢乐庆长春

四海皆春万里云霞开寿域
百花竞艳一梁雏燕闹华堂

一片冰心柏节松贞持晚景
满庭瑞气兰芳桂实灿朝霞

瑞气满乡村人与青山同不老
暖风吹大地心随绿野共丰收

吞吐风云大鹏九万里驰南北
沉酣泉石灵椿八千岁为春秋

女寿星通用联

风和璇阁恒春树
日暖萱庭长乐花

麻姑赐得长生酒
天女敬来益寿花

南极星临山岳幼
北堂萱映海天晴[1]

勤劳酿就延龄酒
俭朴绽开益寿花

①北堂：古人以北堂为家中女眷盥洗之地，后世以此作为一家主妇居室的代称。

松柏长滋仙掌露
凤凰新浴碧池春

萱草含芳千岁艳
桂花香动五株新

玉露常凝萱草绿
金风远送桂花香

芝兰玉树竞娟秀
青鸟蟠桃共岁华

乃冰其清乃玉其洁
如山之寿如松之青

婺耀呈祥近对瑶池王母
琼花并蒂恍疑姑射仙人①

通用男女双寿联

丹凤传来王母使
青鸾驾递老君书

凤凰枝上花如锦
松菊堂中人并年

福如王母三千岁
寿比彭祖八百年②

勤俭持家赖内助
康强到老有余闲

---

①姑射仙人：典出《庄子·逍遥游》“藐姑射之山，有神人居焉，肌肤若冰雪，绰约若处子”，后世以“姑射”指代仙人或美人。

②彭祖：典出《列仙传》，是一个传说中活到800岁的长寿之人，善于养生。

庆佳节双亲长寿
贺新春五谷丰登

绕膝芳兰夸并茂
齐眉日月庆双辉

人近百年犹赤子
天留二老看玄孙

寿星伴子子长寿
童婴映老老还童

棠棣齐开千载好
椿萱并茂万年长

天上星辰长作伴
人间岁月不知年

皓首穷经青云得路
黄花介寿晚节飘香

绕膝承欢图开家庆
齐眉同乐福降人间

举酒称觞祝双星长寿
高歌引咏喜四海同春

百花争妍祖国河山似锦
六旬并寿家庭老少同欢

切龄双寿联

50 岁

门庭长驻三春景
海屋平分百岁筹

屈指三秋天上双逢七夕
齐眉百岁人间应有双星

60岁

百年光阴催人老　花甲齐年骈臻上寿
万世甲子始二童　芝房连句共赋长春①

70岁

鹤算频添七旬清健
鹿车共挽百岁长生②

日月双辉唯仁者寿
阴阳合德真古来稀

---

①芝房：指数枝连生成丛的灵芝。汉武帝时曾有九茎连生的灵芝出现，武帝很高兴，还特地写了一首《芝房歌》作为祭祀天地所用的歌曲。

②鹿车共挽：典出《后汉书·列女传》。西汉末年的大臣鲍宣年轻时贫困而好学，他的老师对他很是欣赏，就把女儿嫁给了他，还给了非常丰厚的嫁妆。鲍宣对妻子说："我家贫，实在担当不起如此重礼。"妻子便将娘家陪嫁的衣物首饰全都归还，穿着朴素的短衣，和鲍宣一起挽着鹿车回乡去了。后世以"共挽鹿车"作为夫妻清贫自守的典故。鹿车是古代的一种小车，十分狭小，仅容一鹿，故名。

80岁

八旬举案夫偕妇
四世同堂子抱孙

盘献双桃岁熟三千甲子
箕衍五福庚同八十春秋

90岁

鸾笙合奏和声乐　　人近百年犹赤子
鹤算同添大耄年　　天留二老看玄孙

100岁

人康身健晚年乐　　德行齐辉一门合庆
萱茂松苍百岁红　　福寿大衍百岁同符

男寿星切龄寿联

50岁

半百光阴人未老　　五岳同尊嵩极峻
一生风雨志初酬　　百年上寿日方中

一生事业功过半　　学到知非宏开寿域
百岁光阴日在中　　年齐大衍共晋霞觞①

---

①大衍：出自《周易》“大衍之数五十”。

太白当醉三万六千日
伯玉已知四十九年非

酒星李长庚愿三百六旬多醉①
君子蘧伯玉知四十九年之非②

数百岁之桑弧过去五十再来五十
问大年于海屋春华八千秋实八千

60岁

八月秋高仰仙桂　　百岁光阴传大业
六旬人健比乔松　　半生甲子焕童颜

杯倾北海辰初度　　二回甲子春初度
颂献南山甲再重　　举目笙歌月正圆

---

①李长庚：指唐代诗人李白。他的母亲生他的那天夜里，梦见长庚星入怀。长庚星就是金星，又名太白星，所以他名叫李白，字太白。

②蘧伯玉：卫国的一位大夫，他善于改过自新，活了50年，认为自己前49年都在犯错。孔子夸他“外宽而内正”“直己而不直人”，是个宽以待人、严于律己的君子。

甲子重新新甲子　　延龄人种神仙掌
春秋几度度春秋　　纪算春开甲子花

一阳复体及耳顺　　甲子重开如山如阜
万物同春近眼来　　春秋不老大德大年

花甲虽周身手犹能大显
精神尚旺骥骐定可争先

海屋添筹不记山中花甲子
华封多祝应知天上老人星①

70岁

当看九州今正盛　　国中从此推鸠杖②
谁云七十古来稀　　池上于今有凤毛

三千岁月春常在　　自古称稀尊上寿
六一丰神古所稀　　而今伊始乐新春

---

①华封多祝：典出《庄子·天地》，尧视察华封之地时，守土之人祝尧“多富多寿多男子”。后人以华封三祝作为祝颂用语。

②鸠杖：杖头刻有斑鸠形状的木杖。古代帝王常以此杖赏赐给国境内70岁以上的长者。

杖国鸠扶人歌上寿
筹添鹤算天与稀龄

80 岁

寿过古稀多十载
人祝期颐仅廿年

渭水一竿闲试钓
武陵千树放行舟

杖朝步履春秋永
钓渭丝纶日月长

卓尔经纶传渭水①
飘然风致入香山②

宝树灵椿三千甲子
龙眉华顶八十春光

迹隐丹崖品征琛玉
名齐渭水胸贮经纶

白发朱颜登八旬大寿
丰衣足食享幸福晚年

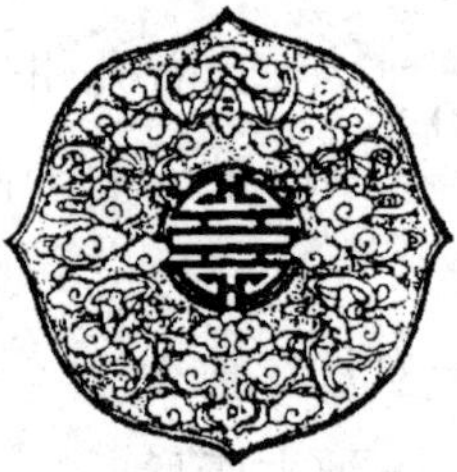

---

①典出姜尚在渭水边垂钓，80 岁得周文王寻访，成为周朝太师的故事。

②典出“香山九老”故事，白居易晚年隐居在洛阳香山，自号香山居士，常与胡杲、吉皎、刘真、郑据、卢贞、张浑、李元爽及僧如满八人集会，这九人都是年届高寿的名士，当时人称“香山九老”。

百岁能预期廿载后如今日健
群芳齐上寿十年前已古来稀

90 岁

九秩曾留千载寿　　三千岁月春常在
十年再进百龄觞　　九秩丰神古所稀

瑶池桃熟三千度　　漫道世间难逢百岁
海屋筹添九十春　　且看堂上再过十年

明月有恒纪年合献九秩寿
长春不老添闰当称百岁人

丘壑足烟霞九十年来留逸志
屋堂多雨露八旬寿后又逢春

100 岁

古稀已是寻常事　　莫道人生无百岁
上寿今逢百岁翁　　须知草木有重春

人生不满公今满　　天边已满一轮月
世上难逢我竟逢　　世上同钟百岁人

百年长寿祝吾岂敢　　桃熟三千老人星耀
终岁勤劳唯我不辞　　春光百载华宴歌喧

男寿星切月寿联

正月

盘陈柏叶新增寿　　银花火树开佳节
鼓击梅花独占魁　　玉液琼浆举寿杯

二月

三祝华封瞻泰斗　　瑶岛香浓芝草圃
二分春色到花朝　　玉楼人醉杏花天

三月

椿树庭前开寿域
桃花源里住仙家

桃实三千献果平分仙阙
春光九十称觞偏占芳辰

四月

风前芍药留春住　　蓬矢风搴春尚驻[1]
天上蟠桃献寿来　　椿荫云护夏方新

---

①搴（qiān）：用手拔取、采摘等。

五月

麻姑酒献千年缘　　蓬矢高悬逢午日
榴火花明五月红　　蒲觞上献祝寿星

六月

椿树大年宜有庆　　寿宴宏开荷塘风爽
莲花生日正当时　　华堂高启椿林云深

七月

花开指甲飞金凤　　坐看溪云望牛女
星耀长庚贯斗牛　　笑扶鸠杖话桑麻

八月

万斛秋香飘宇宙　　节届中秋月圆人寿
五云佳气接蓬莱　　筹增上算桂馥兰香

九月

北海开樽倾菊酿　　周天行健人常健
南山献瑞祝椿龄　　九月登高寿更高

十月

举酒同歌无量寿　　莱舞堂前娱晚岁
开怀共醉小阳春　　梅开岭上得先春

十一月

品似清霜长映月　　喜见寿星晚景好
寿如翠柏永齐天　　热盼南岭早梅红

十二月

扶鸠竹外看晴雪　坐石松间煮紫芝

青山有雪存松性　碧落无云称鹤心

女寿星切龄寿联

50岁

百岁期颐刚一半　九畴福寿已双全[1]

百寿开来先百半　五福备至已五十

蟠桃捧日三千岁　萱树参天五十围

庭闱长驻三春景　海屋平分百岁筹

记八千为一春萱草千年绿　再五十便百岁桃花万树红

设帨遇芳辰百岁期颐刚一半　称觞有莱子九畴福寿已双全

①九畴：古代传说中天帝赐给大禹的九种法典制度，后泛指治理天下所用的法制。

60岁

八月秋高仰仙桂　　宝婺星辉延六秩
六旬人健比乔松　　蟠桃献寿祝千秋

春秋不老冈陵颂　　花乃金萱开六甲
甲子重添福寿花　　星真宝婺焕中天

画堂迭进屠苏酒　　纪寿欣逢新甲子
彩袖争贻度朔桃①　　培香喜缀早丹花

六秩华诞新岁月　　桃熟正逢花甲茂
三迁慈训大文章②　　兰开又遇寿龄添

彤管飞音歌玉树③　　延龄人种神仙草
绿云分彩护金萱　　纪竹新开甲子花

---

①度朔：古代神话传说中的东海神山，上有仙桃树。

②三迁：典出《列女传》。孟子之母姓仉，最初家住陵墓旁边，孟子年幼，经常模仿葬礼，天天刨坑埋土玩，孟母认为此地不是合适的居所，就搬家到集市附近。孟子又整天学商人吆喝叫卖，孟母再一次搬迁到学宫边上。孟子在这里耳濡目染，以各种礼仪为游戏，孟母于是对这个居处感到很满意。这就是孟母三迁的故事。

③彤管：这里兼有两种意思，一是女性专用的笔，二是乐器。语出《诗经·邶风·静女》“静女其娈，贻我彤管”。

玉芽久种春秋圃
青液频浇甲子花

玉树阶前莱衣竞舞
金萱堂上花甲初周

六十年华似芙蓉出水
二回甲子如桃李逢春

70岁

金桂生辉老益健
萱草长春庆古稀

年过七旬称健妇
筹添三十享期颐

蟠桃初熟老还健
萱草长春古来稀

七度菊香秋后献
五云花洁日边来

寿衍七旬辉宝婺
堂开三代乐熏风①

月满桂花延七秩
庭留萱草茂千秋

日煦萱花云征异彩
天留婺宿人庆百年

①熏风：又作薰风，指初夏时从东南方吹来的温暖和风。

介寿呈王母蟠桃一千岁花两千岁实①
忘忧羡北堂萱草四十年苦三十年甜

贤淑七旬人经几度七二风光现出麻姑仙草
导引三摩地应独有三千岁月结成王母蟠桃②

80岁

八旬且献瑶池瑞　　沧海月莹寿母相
四代同瞻宝婺辉　　瑶台仙近女人星

凤管鸾笙合奏乐　　菱花当面照华发
鹤算龟龄大耋年　　竹叶入唇醉耋龄

四代斑衣荣耋寿　　岁过古稀多十载
八旬宝婺庆遐龄　　预祝期颐二十年

萱寿八千八旬伊始　　八秩寿筵开萱草眉舒绿
范福九五九畴乃全　　千秋佳节届蟠桃面映红

---

①介寿：语出《诗经·豳风·七月》“为此春酒，以介眉寿”。“介”意为助。后世以介寿为祝寿用语。

②三摩地：佛教用语，意译为“正定”，即心无杂念、专一入定之境。

八月称觞桂实投肴延八秩①
千声奏乐萱花迎笑祝千秋

逾古稀又十年可喜慈颜久驻
去期颐尚廿载预征后福无疆

梓舍功高庆麟阁双登寿母八旬跻八座
苏枝荫大值霓裳同咏名经千佛祝千秋

90岁

华筵九秩莱子乐　　九旬鹤发同金母②
慈训三迁孟母贤　　七秩斑衣学老莱

庆花甲一周添半　　堂北萱花荣九秩
祝萱堂百岁有奇　　天南宝婺耀千秋

瑶池果熟三千岁　　莺弄笙喉同歌篁
海屋筹添九十春　　摇凤尾齐颂九如

---

①称觞：举杯祝酒。
②金母：即西王母。

九十春光堂前活佛
三千甲子山上灵萱

帨动春风寿延九裹
萱标绛色庆诞千秋

开上寿初筵九十曰耄
乐余年安康八千为秋

爱日伫期颐兰阶早酿十年酒
慈云周海岳莱彩犹载一树花

设帨溯当年喜花甲一周又半
称觞逢此日祝萱龄百岁添十

100 岁

海日蟠桃开寿域
天风奇鸟降蓬莱

家中早酿千年酒
盛世长歌百岁人

蓬莱盘进长生果
婺宿筵开百岁觞

天边将满一轮月
世上同尊百岁萱

瑶池喜晋千年酒
海屋欣添百岁筹

妇德交称百年殊寿
孙荣竞秀五世其昌

桃熟三千瑶池启宴
筹添一百海屋称觞

天上三秋婺星几转
人间百岁萱草长荣

风范仰坤仪欢呼共祝千秋节
期颐称国瑞建筑应兴百岁坊

女寿星切月寿联

正月

宝婺辉联南极晓
斑衣彩舞北堂春

梅帐寒消花益寿
萱帏春护草生香

二月

花开红杏酣春色
酒进南山作寿杯

今日正逢萱草寿
前身合是杏花仙

三月

兰芳东序三春草[①]
萱茂北堂百世花

花发金辉香蜚芝圃
斑连玉树春驻瑶池

①东序：指东厢房。

四月

蔷薇香送清和月　　首夏清和长春富贵
芍药祥开富贵花　　慈云庇护爱日绵长

五月

艾叶香浓笼彩帏　　流水一溪琼草秀
榴花色艳映斑衣　　瑶池十丈藕花香

六月

梅子结时酣夏雨　　碧水荷开灵娥初度
萱花绽日霭慈云　　瑶池桃熟王母长生

七月

寿同松柏千年碧　　西望瑶池降王母
品似芝兰一味清　　东来紫气满函关

八月

丹桂飘香开月阙　　玉露常凝萱草碧
金萱称庆咏霓裳　　金风时送桂花香

九月

黄花迎节凌秋晚　　菊满篱东称寿客
谏果回甘素味长①　　萱荣堂北祝慈龄

---

①谏果：橄榄或油柑的别名。这两种果实都是入口苦涩，久有回甘，与逆耳忠言有异曲同工之妙，所以叫作“谏果”。

十月

红叶丛兰花锦绣
方瞳绿鬓玉精神①

举酒同歌无量寿
开怀共醉小阳春

十一月

庭前多种忘忧草
头上新簪益寿花

十二月

喜看梅红逢腊月
寿添萱绿护春云

萱花挺秀辉南极
梅萼舒芬绕北堂

贺长辈寿联

祖父·祖母

祖德恩长荫后德
孙贤学成耀前贤

祖母今朝称寿母
慈龄盛世享遐龄

德祖寿高苍松不老
贤孙志远事业长春

---

①方瞳：方形的瞳仁，古人认为这是长寿之相。

外祖父·外祖母

海屋添筹春永驻
外孙祝寿福长荫

华诞扬歌声满院
外孙祝寿酒盈樽

父·母

天护慈萱母永健
云垂玉树岁长青

严亲鹤发无量寿
吾父童颜不老星

岳父·岳母

堂北萱荣馆甥舞彩①
池西桃熟王母称觞

仰丈人峰名高北斗
修半子礼颂献南山

①馆甥：即女婿。

舅父·舅母

足征盛德如公寿皆必得
若说不才像舅我岂敢当

自惭乏舅风小子无知久仰慈云叨庇护
今喜祝母寿长生不老永留爱日乐欢娱

贺各界人士寿联

政界

居二线志驰千里
做排头心系九州

老牛力尽青山在
志士年高赤胆悬

未敢暮年娱晚景
好将余热化春晖

昔逐风云鹏展翅
今归乡土骥收蹄

自是清贫无俗骨
纵非富贵亦长生

安毋好逸老当益壮
乐不忘忧苦尽方甘

退而不休发挥余热
老有所为继续长征

老尚栽花让春光更美
退犹献策为祖国分忧

军界

戎马生涯留青史　帐下东风开寿域
田园风物伴晚年　樽前皓月照边城

疆场叱咤欣看千重秀色
壮心不已乐辅一代贤才

教育界

后辈门墙承化雨
先生杖履煦春风

桃李满园期寿考　培桃李以扬芬斯人必寿
诗书盈榻度春秋　立教坛而育材大德恒昌

商界

学擅陶朱公有余　长者绝无市井气
才同管子北海樽　寿翁久有斗山名[1]

大德同南山寿不老
巨富如陶朱公有余

---

[1]斗山：指北斗和泰山，比喻深受人们敬仰的名人。

文艺界

词苑诗坛大手笔　翰墨春光辉寿域
鹿骑鹤驾老寿星　丹青异彩入霞觞

气吐烟云清若水　斗酒百篇诗人高寿
胸藏家国寿如山　奇文十卷墨客遐龄

医务界

妙手回春可长寿　医国医人同兹医意
慈心济世自延年　寿民寿世亦以寿身

学精术也精名医名士随君唤
人寿己同寿仙杏仙桃着意栽

寿联横批

贺男性寿联横批

春秋不老	椿树长荣	福寿无边
共祝期颐	海屋添筹	鹤算遐龄
康强逢吉	南极寿翁	蓬壶日永
庆衍古稀	人中真瑞	嵩岳长生

贺女性寿联横批

慈颜不老　　福寿无疆　　古稀慈寿

后福无疆　　蟠桃献寿　　寿衍千秋

婺宿腾辉　　萱草长春　　萱花芬芳

贺男女双寿寿联横批

柏翠松青　　椿萱并茂　　福海寿山

庚婺同明　　酒介齐眉　　伉俪寿禧

盘献双桃　　寿域无疆　　双星争辉

贺建房与乔迁联

贺新房奠基、上梁联

创业全凭劳动手
奠基尽是栋梁才

定磉欣逢大好日①
上梁正遇幸福时

定磉欣逢天好日
上梁正遇地灵时

栋起连云凌北斗
堂开向阳对南山

栋起祥云连北斗
堂开瑞气焕春光

基实奠定千秋业
柱正撑起万载梁

①磉（sǎng）：柱子下面的石墩。

吉日上梁凝百岁
良辰立柱集千祥

家业振兴凭巨手
栋梁凌瑞靠齐心

金梁灿灿光耀日
玉柱巍巍力擎天

今朝玉柱根基固
明日新房喜献祥

旧时燕垒初更换
今日鸿基已奠成

旧宅常生如意草
新基又放吉祥花

坤端奠定兴家业①
基实撑起继世梁

落栋欣逢好时代
上梁还靠众乡亲

千秋家业凭双手
百代栋梁举铁肩

千秋事业原非易
万代根基由来深

巧手纷成时代业
铁梁撑起盛年楼

群能群智奠基地
同德同心建国家

①坤：指大地。

上梁凌霄云浩荡
举业兴旺日喷薄

声声道喜鸣花炮
步步登高起大梁

竖柱欣逢大治世
上梁正遇富强年

为梁耿直千秋业
作柱忠诚万代基

一门立栋逢佳日
众手托梁盖大楼

择地适逢吉庆日
奠基正值大兴年

柱立良辰凝百瑞
梁抬吉日集千祥

安基砌壁千秋永固
立柱架梁万代长宁

大起宏图龙盘虎踞
彩描新业柱正基坚

吉日逢祥大梁宜举
良辰添庆砥柱高擎

艰苦雄强写兴业史
勤劳俭朴奠富民基

平安福地紫微拂栋
喜庆人家瑞气绕梁

起屋开基百年大计
兴家立业五世其昌

玉柱劲撑蓬勃丰采
金梁高架雄伟新姿

贺乔迁联

宝鼎呈祥香结彩[①]
银台报喜烛生花[②]

宝树森郁花簇锦
莺声婉转韵调琴

潺潺绿水绕福地
融融红日照新居

窗含青山莺衔翠
门垂碧柳燕语枝

翠梧久待朝阳凤[③]
碧树初鸣山谷莺

大厦落成应燕贺
华堂瑞绕定蛟腾[④]

地无寒舍春常在
居有芳邻德不孤

地占万湾多是水
楼无一面不当山

---

①宝鼎：指香炉。

②银台：指银制的烛台。

③朝阳凤：即“丹凤朝阳”，典出《诗经·大雅·卷阿》“凤凰鸣矣，于彼高冈。梧桐生矣，于彼朝阳”。比喻有才华的人生逢其时。

④瑞绕：瑞气环绕，这是祝福的话语。

栋拂云霞生紫气
家传诗礼足春秋

栋宇连云子孙愿
华堂耀日父母心

福星高照善德府
喜气长留俭朴家

河清海宴金瓯固
人寿年丰画栋兴

华堂翠屋春风至
甲第崇门瑞色开

吉屋新迁莺出谷
华堂彩焕凤栖梧

吉星高照小康户
喜气常盈大富家

栋拂云霞辉金宇
家传浩气足春风

房建福地丽日暖
生逢盛世举家欢

合家共庆乔迁喜
亲友同享致富欢

红日高照临新宅
福寿咸臻满画堂

惠政赐来如意第
良工造就庆丰楼

江山聚秀归新宇
日月交辉映画堂

居之安四时吉庆
平为福八节康宁①

居卜风和仁是里②
堂开景聚德为邻

开门见山山水绿
进家观花花卉红

坤正奠定千秋业
基实撑起万年梁

鲤跃禹门知浪暖③
莺适乔第喜春晴

门对青山摇钱树
户迎绿水聚宝盆

门对青山龙虎地
户纳绿水凤凰池④

---

①八节：指二十四节气中的立春、春分、立夏、夏至、立秋、秋分、立冬、冬至，此八节气较为主要。

②居卜：犹“卜居”，意为选择住处。

③禹门：即龙门，相传为大禹所凿，在山西河津县和陕西韩城县之间的黄河峡谷处。

④凤凰池：池水的美称。古时也作为中央行政机构“中书省”和统管中书省的宰相这一职位的别名。

门前绿水声声笑
屋后青山步步春

门连菊水人皆寿[1]
宅近桃源境是仙[2]

门迎春夏秋冬福
户纳东西南北财

乔迁美室步步起
喜居层楼阶阶升

日丽风和锦铺院
冬暖夏爽笑满堂

日月光华临画栋
山川秀丽映雕栏

日照新居添锦绣
花饰前圃吐芬芳

瑞彩盈庭山聚秀
祥光当户斗联辉

三阳日照平安宅
五福星临吉庆门

山环水抱风光好
柳暗花明宅第新

---

①菊水：据《太平御览》记载，南阳一带有一个地方名为“甘谷”，崖上长满菊花，泉水带着菊花的芬芳顺流而下。谷中居民皆饮用此水，寿命都很长。

②桃源：典出晋代陶渊明《桃花源记》，此文讲述武陵渔人偶入一处世外之境，这里遍地桃林，桃花缤纷，居民都是先秦时为避战乱躲藏于此的古人繁衍而来，对外面的世界一无所知，过着怡然自得的生活。从此，桃源便用来比喻与外界纷争无关的悠闲快乐的地方。

山水朝宗依旧日
门堂集瑞霭新居

水如碧玉山如黛
凤有高梧鹤有松

堂构鼎新添喜色
箕裘晋步焕文光①

天池水足龙仍化②
庭梧荫成凤始归

庭前细雨东坡竹③
池上清风茂叔莲④

万里风云骐骥足⑤
百年珠树凤凰枝⑥

---

①箕裘：箕为竹木所制的簸箕，古代用来抛谷扬糠，裘为皮衣。典出《礼记·学记》“良冶之子，必学为裘，良弓之子，必学为箕”。意思是善于冶炼金属的家族，子弟常见修补器物的过程，就能学会补缀裘皮，善于制造弓的家族，子弟常见如何削刮软木，就能学会制作用木条织成的簸箕。因此，箕裘一词指的是传自祖上的工艺、职业。

②龙化：像龙一样飞腾发迹。

③东坡竹：宋代诗人苏轼，号东坡居士，故又被称为苏东坡。据说有一种竹子，因苏轼曾在竹间泼墨，使竹子沾染了墨点，从此生成斑竹，因此名为“东坡竹”。苏轼又有《於潜僧绿筠轩》诗云：“宁可食无肉，不可居无竹。无肉令人瘦，无竹令人俗。”因为苏轼非常喜爱竹子，所以竹子又被称为“东坡竹”。

④茂叔莲：宋代学者周敦颐著有名文《爱莲说》，赞美莲花“出淤泥而不染，濯清涟而不妖”的高洁姿态。周敦颐字茂叔，因此人们称莲花为“茂叔莲”。

⑤骐骥（qí jì）：指骏马、千里马。

⑥珠树：树的美称。

屋宇维新添异彩
门庭革旧蔚奇观

祥云环绕新门第
红日光临喜人家

欣逢盛世迁乔第
喜值丰年进雅居

秀宇层明光日月
朱堂高辟大人家

一院葱茏青春景
八方锦绣福寿图

移门欲就山当榻
迁居常将水为琴

氤氲祥云笼吉地①
葱茏嘉树拂新轩

西岭烟霞生画栋
东山云树掩门庭

新厦落成增秀气
华门安居进财源

幸福同欢仁有里
安居共贺德为邻

旭日乍临家室乐
和风初度物华新

一片彩霞迎旭日
满屋喜气庆新居

①氤氲（yīn yūn）：烟气或光芒弥漫、摇曳的样子。

莺过重门留好语
花开胜地吐奇香

莺迁华屋骄阳照
燕贺雅室福星明

鱼跃龙门三尺浪
莺迁花径一枝春

云栋尽书金碧字
瑶阶并种吉祥花

择居仁里和为贵
善与人同德有邻

紫气迎祥双阙晓
彤云献瑞五门春

宝气光腾屏开翡翠
玉堂风静帘卷珊瑚

创基业门庭腾瑞气
展宏图宅第起祥云

大哉居乎移气移体
慎其独也润屋润身

合天时祥云连画栋
得地利峻岭对新庭

吉日迁居万般惬意
良辰安第百事遂心

金屋玉堂固称杰构
德门仁里自是安居

美轮美奂大启尔宇[1]
肯堂肯构长发其祥[2]

克绍箕裘家声丕振[3]
东升旭日气象昌明

日升月恒天赐百福
竹苞松茂地发其祥

树植院中年年吐秀
花开园内处处闻香

松茂竹苞及时而秀[4]
兰馨桂馥迁地为良[5]

堂构光辉瞻云新日
规模宏大植桂培兰

唯德成邻莺迁燕喜
以文会友霞蔚云蒸

喜到门前清风明月
福临宅地积玉堆金

---

①美轮美奂：出自《礼记·檀弓》“美哉轮焉，美哉奂焉”。多形容新屋高大而美观，布置繁复，非常富丽堂皇。

②肯堂肯构：出自《尚书·大诰》：“若考作室，既厎法，厥子乃弗肯堂，矧肯构?”意思是，政治之事好比建造房屋，父辈已经确定了方法，子孙却连地基都不肯建造，又哪里谈得上建造房屋本身？后世反其意而用之，表示子孙愿意继承父辈的事业。

③克绍箕裘：意为继承祖业。家声丕振：指家族名声得到大力弘扬。

④秀：植物生长茂盛。

⑤迁地为良：出自《周礼·考工记》“郑之刀，宋之斤，鲁之削，吴越之剑，迁乎其地而弗能为良也”。意思是各地所出产的著名兵器，一旦离开本地就难以打造出良品。这里反其意而用之，表示对搬迁之后生活的祝福。

移取春风门栽桃李
蔚成大器材备栋梁

紫阁祥云物华天宝
朱轩瑞气人杰地灵

新砖新瓦新屋人人喜
大房大事大家个个忙

何必金屋玉堂方称杰构
就此简室寒舍便是安居

何须大厦高楼方称乐第
有此青山绿水便好安居

何须画栋雕梁但求仁里
虽是茅庐草舍幸与德邻

何须玉宇琼楼方称佳构
即此春堂静室亦是安居

甲第弘开永向苍穹斗日
门闾轩敞堪容瀚海风云

粮广钱宽畅谈古今中外
神安意快乐度春夏秋冬

绿野堂前满贮山川秀色
红梁架上尽挑幸福心声

砌铜墙粉铁壁华居添彩
竖玉柱上金梁庭宇生辉

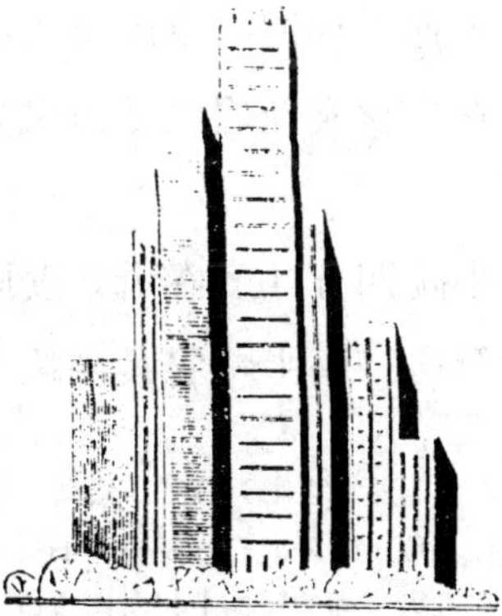

画栋连云燕子重来应有异①
笙歌遍地春光长驻不须归

画栋连云紫燕重来不应识
新居焕彩春光长驻何须归

杰地仍幽水如碧玉山如黛
新居不俗凤有高梧鹤有松

丽日抒怀造就华堂生意旺
春风得意落成新宅人丁安

水抱山环旧村享园林乐趣
春华秋实新居胜城市风光

小院四方几度春风几度雨
新房一座半藏农具半藏书

①燕子重来：燕子是候鸟，每年秋去春来，在南方、北方之间迁徙。燕子归来时有寻找去年旧巢继续居住的习性，它们的巢一般都筑在人家宅邸的屋檐下，所以古诗词中常常借用燕子归巢来表达一种物是人非的感伤。

创造得天时福寿财源祈并茂
安居逢地利儿孙富贵冀齐荣

春华秋实其间颇有农家趣韵
水抱山环此处宛如仙境风光

祥云绕吉宅家承旺世添福禄
瑞霭盈芳庭人值丰年增寿康

庭前风光绚丽览四时美景桂香兰翠
屋后莺语婉转听几声歌唱心旷神怡

新居面对青山屏障天然保全人财两好
斗室门朝绿水膏腴地质助益富贵双全

陋室落成欣逢旭日初升屋梁燕集歌人美
茅庐构造喜遇艳阳正照乔木莺迁感物华①

---

①物华：指自然风光景物。

贺四季迁居

春季

春风杨柳拂金宇
晴雪梅花照玉堂

华堂翠幔春风至
绮阁金屏曙色开

乔木更新花入户
高楼焕彩燕穿帘

瑞映画堂多喜色
吉临新宅焕春光

堂开瑞日金莺啭
帘卷春风玉燕来

堂前紫燕鸣春暖
院外红梅斗雪寒

万木争荣支大厦
一家和睦庆新春

新月一弯悬檐角
春风十里拂阑干

檐前柳色分张绿①
窗外花枝借助春②

燕喜新居春正暖
莺迁乔木日初长

---

①分张：散布、分散之意。

②此联出自唐代温庭筠《李羽处士寄新酝走笔戏酬》：“檐前柳色分张绿，窗外梅花借助香。”

园林欣有春风茂
庭院喜成雨露甘

云接画檐流宝气
日临丹室尽春光

三春有脚光临福地
四季多情花饰新居

田野欣逢春风春雨
村庄喜获新财新居

喜建华堂春风入座
乔迁新屋佳客盈门

人勤地好画栋浮云联旧垒
春美花香玉兰绕砌缀新枝

燕喜新居迎得春风栽玉树
莺迁乔木蔚成大器建家园

夏季

华堂昼永书香满
乔木夜深蛙鼓多①

荷花香里开新屋
杨柳荫中宴故人

---

①蛙鼓：指群蛙的鸣叫声。

槐花落处生瑞气
阳雀鸣时入新居

珠帘暮卷西山雨
画栋朝飞南浦云①

秋季

莺迁乔木松流韵
月洗高秋桂吐香

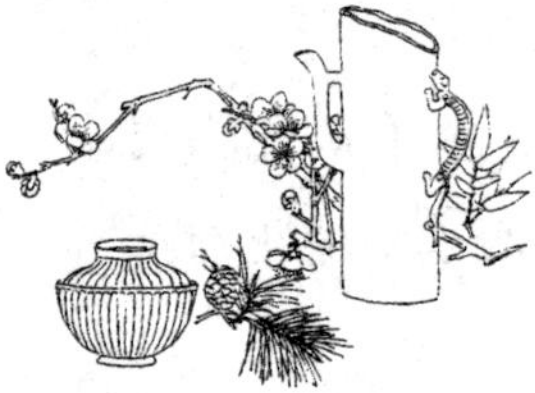

冬季

门前霜雪逢春化
室内宾朋贺喜来

岁寒三友傲白雪
家睦四邻聚德风

岁寒三友添新色
迎春百福聚德光

玉树银花门外景
欢歌笑语室中春

冬令如春江山吐瑞
生财有道栋宇增辉

门对青山庭铺瑞雪
屋临绿水窗横腊梅

贺乔迁横批

碧宇光辉　　春光满室　　德必有邻

①此联出自唐代王勃《滕王阁诗》："画栋朝飞南浦云，珠帘暮卷西山雨。"写于诗前的诗序即《滕王阁序》，比诗更有名。

栋宇辉煌	风和新居	富贵常临
户纳千祥	华堂生辉	华屋载恩
家居福地	乐驻新居	乔迁志禧
日新月异	如意如祥	诗礼传家
天宝呈祥	天地同春	喜气盈门
新居大吉	新居焕彩	燕贺新居
莺迁仁里	宅院福地	紫气东来

贺新居落成

碧宇倚云昭大壮　春到高楼添百福
紫微映日焕中孚　风吹新居纳千祥

栋宇连云父母愿　栋宇霞飞光梓里
华堂耀日子孙心　阶除玉砌耀华堂

房建花间风更爽　阁上金龙腾紫气
身居新院心也甜　堂前彩凤映丹霞

宏图大展兴隆宅　华构落成百岁计
泰运长临富裕家　安居小筑四时春

华堂屹立千年计
小筑安居四季春

画栋倚云添异彩
明灯映月倍光辉

江山聚秀归新宇
奎壁联辉映画堂

龙虎风云新际会
湖山胜概壮观瞻

门迎春夏秋冬景
户纳东西南北情

山水朝宗依旧日
堂前集瑞伴新居

山增翠色锦楼阁
日洒金辉镀栋梁

华堂建就合亲力
玉宇落成聚匠功

画栋倚云瞻大壮
华堂映日焕中孚

兰馨华屋风常霭
酒泛轩窗月倍明

满庭诗景飘红叶
五色云华堆画梁

巧构宏开立广厦
励精图治建家园

水贺奠基绕玉带
山因落成列翠屏

潭第鼎新容驷马[1]
华堂钟秀毓人龙

堂开瑞日金莺啭
帘卷春风玉燕来

五柳旧称陶令宅
百花新构杜陵庄[2]

昔日茅棚随逝水
今朝大厦伴高山

新屋落成千载盛
阳光普照一家春

新屋落成千般喜
全家和睦万事兴

新厦落成增秀色
华门安居进财源

燕恋新楼留好语
花开胜地吐奇香

一朝成此千秋业
百代居之万事安

---

①潭第：又作“潭府”，是对他人宅子的尊称，出自唐代韩愈《符读书城南》“一为公与相，潭潭府中居”。

②杜陵庄：唐代诗人杜甫祖籍陕西西安杜陵原，常自称杜陵野老、杜陵布衣。

宜山宜水无双景
润屋润身第一家

羽仪旧德占鸿渐[1]
树色朝阳引凤巢

玉堂曾受凤毛赐
霞宇新贻燕翼谋

园林欣有春风茂
庭院喜承雨露甘

云栋尽书金碧字
瑶阶并种吉祥花

竹苞秀起云为屋
兰玉香生锦作堂

大地钟灵文明运启
华堂集瑞富贵基开

华构落成可称乐土
比邻互助更喜安居

画栋雕梁齐称杰构
德门仁里共庆安居

甲第宏开有堂有构
壬林作颂多福多男

麦庆丰收花开红杏
宅起基业果奉蟠桃

美轮美奂大启尔宇
肯堂肯构聿观厥成

---

①鸿渐：语出《周易》“初六，鸿渐于干”“六二，鸿渐于磐”“九三，鸿渐于陆”，指鸿雁从低向高飞升的过程。后世以此比喻仕途向上。

南望飞云雕梁画栋
西来爽气玉宇琼楼

新居焕彩盈门秀色
华构落成满座春风

依山傍水云中胜境
坐北朝南画里新居

华堂入云江山添一景
大厦落成农家乐三春

喜临华堂瑞气缭绕百事顺
乐居新屋祥光普照万代昌

山河气象果新奇到处莺歌燕舞
栋宇规模真壮丽满眼虎踞龙蟠

喜庆对联故事

春联故事

王羲之巧写“防贼联”

生活在魏晋时代的大书法家王羲之老家在山东。有一年，他举家迁到了浙江绍兴。当时正好是腊月，他就早早写了一副春联，让家人贴到大门口去。

王羲之的书法举世闻名，谁都想要他的字，一看他家门口贴了春联，知道这肯定是他的手笔，马上就有人趁夜把春联偷走了。王羲之只好又写了一副春联贴上，过了一夜再看，春联又踪迹全无了，浆糊还没干呢。

就这样，这春联他是写多少，被偷多少。等到除夕那天，别人家都已经贴好春联准备过年了，他家大门口还是空空荡荡的。这下，王羲之的夫人可急坏了，闹着让丈夫赶紧想办法。

王羲之略一思忖，提笔在红纸上写了一副新春联，王夫人一看，杏眼圆睁，大声质问："你这写的是什么啊?"原来，这副春联写着："福无双至，祸不单行。"这哪儿是春联啊，根本就是一副凶联嘛。

王羲之微微一笑，吩咐家人把这"春联"贴出去。到了夜里，果然又有人来偷，可是那人看到对联后便大惊失色，王羲之的字再有诱惑力，他也不能大过年的往家里拿这么一副对联啊！想来想去，只好忍痛放弃了。

大年初一一大早，王羲之出门一看，不出所料，春联还好好地粘在门两边。他大笑三声，命仆人又拿出两条春联来，分别贴在原先的两条春联下面。围观的众人原本还在指指点点，疑惑王家为什么要贴这么不吉利的春联，等新的春联贴好，大家恍然大悟，都高兴地为王羲之的智慧鼓起掌来。

原来，新的春联补全了之前的那副对联，这样，王家门口的春联就变成了："福无双至今朝至，祸不单行昨夜行。"

纪晓岚笑解"谋反联"

清代大学士纪晓岚某年回乡探亲，一户邻居热情地邀请他到家中做客。纪晓岚盛情难却，便欣然赴宴。席间，宾主双方谈得十分投缘。酒过三巡，邻家主人就提了一个要求，想请纪晓岚为自己家写一副春联。

纪晓岚刚吃了人家的饭，自然不好意思拒绝，就爽快地说："行啊，笔墨纸砚伺候吧！"

主人连忙叫自己的三个儿子把这些东西准备好，毕恭毕敬请纪晓岚动笔。纪晓岚拿着笔琢磨了片刻，问邻家主人："你们家这几个儿子都是以何为业啊？"

邻家主人赶紧回答了他。他点点头，便挥笔蘸墨，写下了一副春联："惊天动地门户，数一数二人家。"横批是"先斩后做"。

邻家主人看着这副春联，欣喜不已，连忙贴了出去。乡亲们听说纪晓岚给这家人写了春联，都跑来看新鲜，一时间，大门口围得水泄不通。

来看热闹的人中，有个穷酸秀才，心眼特别多，还一肚子坏主意。他横看竖看，终于看明白了：纪晓岚说要带着这家人干惊天动地的大事，还要让他们成为天下第一的人家，要先斩皇上，然后自己做皇上。

这穷酸秀才赶紧写了封告密的信递给官府。这告密信层层上交，终于到了乾隆皇帝手里。

乾隆皇帝一看，信中说纪晓岚在老家写了一副反联，心里将信将疑，便命人把纪晓岚叫了回来。

纪晓岚以为出了什么事，一路紧赶慢赶回到京城，一见皇上，听说是为了那副对联，忍不住哈哈大笑起来。

乾隆皇帝问道："这到底是怎么回事？"

纪晓岚忙憋着笑回答说："陛下，臣写的那副对联，全都是事实，绝无半句假话。"

"你快点说清楚！"

“是，我这位邻居家里有三子，老大卖爆竹，老二卖米粮，老三卖烧鸡。您想，卖爆竹的人家，不就是‘惊天动地门户’吗？卖米粮要一斗两斗地数斗数，那不就是‘数一数二人家’吗？卖烧鸡，难道不是先得斩鸡，然后做鸡？”

乾隆皇帝一听这解释，也忍俊不禁，乐得直夸纪晓岚这副春联写得有才。

婚联故事

名医对联招婿

明代时，山西有一位名叫乔嗣祖的医生，医术精湛，医德高尚，非常有名望。他膝下只有一双女儿，姐姐叫珍儿，妹妹叫珠儿。古时候，家有绝学，传男不传女，乔老先生没有儿子，只能招入赘女婿来继承自己的衣钵。可是，学医不同于其他，那是要掌握他人生死的本领，如果智力不够、品行不佳，学医无异于学杀人。他乔家的女婿，必须德才兼备才行。

乔老先生思来想去，决定以文招婿。他在自家大门口贴了一个上联“珍珠双花红娘子”，宣布谁能对得出下联，谁就有资格娶他的女儿。

上联贴出去好长时间，来来往往驻足观看的人不少，流连在门口推敲下联的也有一些，可是一个应征的都没有。

乔老先生等啊等啊，都快放弃了。突然有一天，一位身着绿袍的翩翩少年登门拜访，声称对出了下联。

乔老先生请他进来，一看这少年，眉清目秀，气质儒雅，言谈举止斯文有礼，立刻就喜欢上了，连忙问道：“你的下联呢？”

少年躬身施礼道：“我对的下联是‘枸杞二丑绿宾郎’。”

乔老先生不解地问：“这下联是什么意思呢？”

少年笑道：“在下名叫吴杞，在下的兄长名叫吴枸，枸杞就是指我们兄弟二人。我今日身上的绿衣服，是哥哥叫我穿的。这对联，其实是我哥哥对上的。只是他最近生病，不便出门，所以才让我来替他应征对联。”

乔老先生喜出望外，没想到这少年恰好还有个哥哥，这两兄弟哥哥有才，弟弟有德，这下，珍儿和珠儿的婚事都解决了。

不多久，乔老先生就治好了吴枸的病，把他们兄弟二人招赘到家中，还将自己的医术倾囊传授给了他们。

友人贺叶楚伧婚联

民国时期，上海《民国日报》有一位知名的撰稿人及总编辑，名叫叶楚伧。叶楚伧长得倒不难看，身材魁梧，很有男子汉气概，只是皮肤很粗糙，脸上满是坑坑洼洼的痘疤，好像橘子皮。1923年，叶楚伧与吴孟芙女士结婚，他的一位朋友为表祝贺，特地送上婚联一副："一夜入吴，双栖鸾凤；御沟题叶，独占芙蓉。"

这副婚联可有讲究，它包含了新郎新娘的姓氏"吴"和"叶"，同时，"双栖鸾凤"暗含了叶楚伧的一个笔名"小凤"，"独占芙蓉"则嵌入新娘名字里的"芙"字。

"御沟题叶"这个典故出自一个古代的故事，

说的是唐宣宗时，舍人卢渥在宫墙外散步，无意中看见一片红叶顺着水沟从宫里飘了出来。红叶上好像还有些字。卢渥便捞起这片红叶，仔细一瞧，上面果然有用墨笔写成的诗句。卢渥将红叶精心收藏起来。后来，唐宣宗将一些宫女遣散出宫，卢渥从他们中挑选了一位为妻。结婚后，两人十分相爱。有一天，他的妻子收拾东西，发现了他收藏的那枚红叶，不禁又悲又喜。她流着泪告诉卢渥，她就是当年在这枚红叶上题诗的人。从那以后，“红叶题诗”在婚联中就十分常见了。

客家婚俗对轿对

对轿对是客家人的一种特殊的婚俗。这种对联是结婚当天贴在新郎迎亲的花轿上的，新郎出发时只贴上联，下联要等到了新娘家，由新娘的娘家人来“答对”。新郎出的上联都是经过全家讨论才写出来的，这上联必须原创，不能随便摘抄现成的婚联，否则，娘家人会不高兴，认为新郎对婚事不重视。

民国时期，在江西吉安有个刘姓村子，村子

很小，人口也少，村里没有一个读过书的人。有一年的冬天，刘村嫁女，新郎是邻近的罗姓村人。罗村人多，读书人也多，有些看不起刘村，就想借对轿对的机会，耍弄一下刘村人。

新郎的花轿到了刘村，刘村人一看，贴在花轿上的上联是“诗歌关雎，易占咸亨，六九娶女，君子好逑”。这道上联用了《诗经》《易经》的典，非常高雅，没有文化的人根本连看都看不懂。

刘村人早就知道罗村人会来这一手，婚期之前就已经到别的村里去请了一位同宗的教书先生进驻本村。看到罗家花轿上的上联，大家赶紧去找那位先生求援。那位先生也深孚众望，不一会儿就对出了下联，贴到了花轿上，下联是“书称嫠降，礼成奠雁，二四桑者，宜其室家”。同样也用了《诗经》，还用了《尚书》《仪礼》这些儒家经典的典故，比上联更文雅、更高端。

罗家人见对轿对没难为住刘家人，知道人家有高人指点，也就不说什么，抬了新娘回去了。

这件事之后，刘村人上上下下都体会到了读

书的重要性，从此特别重视子弟教育。据说，直到现在，当地人还在用这个对轿对的故事激励后代人好好学习呢。

寿联故事

纪晓岚为乾隆写寿联

乾隆皇帝 25 岁登基，88 岁去世，当了 60 年的皇帝再加 3 年的太上皇，是清代皇帝中年寿最高的。他的宠臣纪晓岚从 20 岁开始，就做他的侍读学士，两人相处的时间很长，经常结伴游山玩水，吟诗作对，留下了很多故事。乾隆过生日，自然也少不了纪晓岚献上祝寿的对联。

乾隆 50 岁时，纪晓岚写的寿联是这样的：

四万里皇图，伊古以来，从无一朝一统四万里；

五十年圣寿，自今而后，尚有九千九百五十年。

这副寿联对仗非常工整。从内容上看，上联歌颂了壮年的乾隆最引以自豪的功绩——前所未有的四万里版图；下联“五十年”再加“九千九百五十”，正好一万年，化万寿于其中，构思极巧。乾隆在众多大臣的寿联中，一眼就看中了这一副，马上提拔了纪晓岚。

乾隆80岁时，纪晓岚66岁了，他给乾隆贺寿的寿联是：

八千为春，八千为秋，八方向化，八风和庆，圣寿八旬逢八月；

五数合天，五数合地，五世同堂，五福备至，嵩期五十有五年。

这是一副数字联，奇巧工整。上联用了《庄子·逍遥游》“上古有大椿者，八千岁为春，八千岁为秋”的典故，乾隆又是八十大寿；下联用了《周易》“天数五，地数五，五位相得而各有合”的典故，正好又合当时乾隆在位55年之数。因此，耄耋之年的乾隆看了，心花怒放。

纪晓岚真不愧是大才子，拍马屁也拍得这么精妙。

乾隆和刘墉对寿联

传说清代乾隆年间，乾隆皇帝微服私访江南，身边带着宰相刘墉。两人走到安州柳庄子村，又累又饿，正好看到村子里一位老人在做寿。刘墉眼珠一转，对乾隆说："皇上，做寿必有酒宴，咱们过去看看能不能蹭点吃的，怎么样？"乾隆一听有酒饭，一摸肚子快饿瘪了，连忙点头："那我们赶快去吧！"

他们来到做寿老人的家里，老人上下一打量，见这两个人气质不同于常人，肃然起敬，拱手说道："二位先生，今天是我的141岁寿日，寿宴上什么都有，可就是缺一副称心如意的寿联，你们看起来都是饱读诗书的人，能不能请赐寿联一副呢？"

乾隆对刘墉使了个眼色，刘墉会意，爽快地说："老人家，那有何难？你拿纸墨笔砚来就是！"

老人高兴地叫人拿来文房四宝，红纸一铺，刘墉恭敬地请乾隆先来。乾隆思索片刻，写下了上联："花甲重逢，又增三七岁月。"

刘墉看了看这上联，心中有数，接过笔对出下联：“古稀双庆，再添一度春秋。”

老人和家人们读着这副对联，觉得字都很吉利，可看不懂是什么意思，便问道：“二位能不能给我们解释解释？”

刘墉笑道：“老人家，你看，花甲是60岁，花甲重逢就是120岁，三七二十一，120加上21，正好是您的高寿141岁。”

乾隆也说道：“这下联也是一样，古稀为70岁，古稀双庆是140岁，再添1岁，不就是141嘛！”

他俩这么一解释，大家都赞不绝口，老人更是开怀，忙请乾隆和刘墉到寿宴首席上座，请他们饱餐了一顿。

寿联招来“爹满门”

清代雍正年间，在开平府有一个大户人家，家中几代单传，只有一根独苗。这根独苗名叫阿茂，从小娇生惯养，最不喜读书，肚子里没有几滴墨水，偏偏又心高气傲、自以为是，瞧不起别人。

某年，阿茂的母亲做寿，要请人写个寿联贴在大门口。阿茂自诩为家里最有学问的人，便大包大揽要自己写。

他叼着毛笔想了好几天，一个字也想不出来。憋到母亲寿诞之日的前一天，准备好的红纸上还是空白一片。阿茂急得直挠头，突然，他灵机一动，想起过年的时候家门口贴过一副春联，好像挺不错的，大家都觉得很喜庆，既然过年是喜事，做寿也是喜事，那春联当然也可以当寿联用嘛。这么一想，他就把那春联写了下来："天增岁月人增寿，春满乾坤福满门。"写完细细一读，他又觉得不对："明天是我母亲增寿的日子，怎么能说人增寿呢？那不是让别人也跟着沾了光增了寿吗？"于是，他大笔一挥，把"人"字改成了"娘"字，上联变成了"天增岁月娘增寿"。阿茂虽说读书不咋地，可也东一耳朵西一耳朵地听过对对联的一些常识，知道上下联要对仗，"娘"要对"爹"才工整，他也不多想，便把下联改成了"春满乾坤爹满门"。

第二天一大早，他也不给别人先看看，就把

这副寿联贴到了大门两边，路上行人看见了，把肚子都笑痛了。阿茂的母亲听见门外笑声一片，心里奇怪，连忙出门来看，这一看不要紧，这老寿星顿时气得昏了过去。

济公寿联戏贪官

从前，浙江的天台县有个知县老爷，贪墨无数，刮地三尺，把天台县的老百姓折腾得叫苦连天。隔三差五，他就要想出理由来向县民索取钱财，到了他五十大寿这一天，就更不必说，他恨不得手拿篦子，把全县百姓挨个篦一遍。可是经过他多年压榨，天台县的百姓哪里还拿得出钱来给他送礼，家家砸锅卖铁，也凑不出什么好东西。

办大寿这天，全县送来的寿礼都堆在县衙大堂上。县官满心欢喜地出来盘点，结果发现都是一些普通的土特产，根本没有贵重之物。他气得把手里的酒杯一砸，嚷嚷道："本县都是刁民！你们这是什么意思？看不起我？那好，我明天就给你们加税！加重重的税！"

围在衙门口看动静的百姓们听了他这话，都

脸露愁容，连声叹起气来。税已经够重的了，还要再加，可怎么活命！

这时，有个人高声说道："各位让一让，各位让一让，我来送寿礼啦！"

人们回过头，见一个腰里别着把破蒲扇的和尚笑眯眯地挤了进来，这个和尚不是别人，正是济公活佛。他一手拎着一个沉甸甸的包裹，一手托着一副红红的寿联，走到县官跟前一拱手："县官大人，我是来送寿礼的。"

济公不是出了名的爱打抱不平吗？他怎么会来给这个贪官送寿礼呢？人们小声议论起来。

县官很高兴："你送我什么呀？"

济公先把包裹递上，县官接了包裹掂了掂，心里想："真够分量，肯定是真金白银。"他马上喜笑颜开，连声说："好！好！好！那你的寿联，也念给本官听听吧！"

济公打开寿联，一条一条高声念道：

大老爷做生，银也要，金也要，珠宝也要，红黑一把抓，不分南北；

小的们该死，麦没收，谷没收，豆儿没收，青黄两不接，送啥东西？

围观的百姓顿时哄堂大笑起来，县官这才明白，济公根本不是来送礼的，他赶紧打开那个包裹，里面装的哪里是什么金银财宝？是几块路边捡来的青石块！

县官恼怒地喊道："来人！这个和尚竟敢戏弄我，给我抓起来打五十棍，打到他屁股开花！"

衙役们连忙上前架住济公，将他摁倒在地，举棍就打。济公满不在乎地趴在地上，笑着说："老爷，你打我，是因为我寿联写得不好吗？那没关系，我这里还有很多呢！"说着话，衙役的棍子就打了下来，一棍打在身上，奇怪的事情发生了，一副红红的寿联从济公的衣服里飞了出来，像鸟扑打双翼一样在空中盘旋，再打，又飞出一副，再打，还有新的寿联飞出。就这样，一棍子打出一副对联，没打多一会儿，满院子上下翻飞的都是大红寿联，每副寿联都是讽刺这个县太爷的，说他搜刮民财、媚上欺下、昏聩无能、胸无点墨。

眼看这些寿联翩翩飞出县衙，飞到天台县城的大街小巷，百姓们心花怒放，县官却怒不可遏，他夺过一个衙役手里的棍子，想亲手打死济公。济公不慌不忙从腰上拔出破蒲扇轻轻一扇，一股龙卷风呼啸而来，卷起县官就走。

龙卷风把县官带到东海的海面上，便消散无踪，县官直直地掉进了海里，一命呜呼。从那以后，来天台县当县官的，都是两袖清风的好官。老百姓再也不受贪官污吏的盘剥，过上了太平富足的生活。